簡愛
Charlotte Brontë
JANE EYRE
夏綠蒂•勃朗特 Charlotte Brontë ◎著
吳湘湄◎譯 鐘文君◎繪
晨星出版

一

午飯後，刺骨的寒風帶來陣陣細雨，要出外活動根本不可能。但我很高興不用去散步，因爲我從來就不喜歡走長路，尤其是寒冷的午後。

李德太太坐在客廳裡，她的三個寶貝伊莉莎、約翰和喬琪安娜圍繞著她，一家人幸福和樂。但我總是被排除在外，因爲她認爲我既不合群，又討人厭。

客廳旁有一間早餐室，我溜了進去。那裡有個書櫃，我選了一本圖畫書，然後爬上窗檯，盤腿而坐。我把紅色窗簾拉起來，在雙重掩護下，躲在裡面。

「砰！憂愁小姐！」約翰李德大叫一聲，然後愣住，他發現早餐室裡沒人。

「她跑哪兒去了？」他繼續叫。「伊莉莎、喬琪安娜，簡不在這裡，告訴媽媽她跑到外面玩雨去了！」

我慶幸自己把窗簾拉上了，並衷心希望他不會發現我。但伊莉莎一探頭進來，立即說：「約翰，她就在窗檯上。」

我趕快自己出來，因爲我害怕被約翰硬拖下來。

「你想幹嘛？」我笨拙地問。

「妳應該說：『您有什麼事？李德少爺。』」他回答：「妳給我過來！」他坐到一張有扶手的椅子上，做出恫嚇的手勢要我站在他面前。

約翰李德是個十四歲的學生，比我大四歲。他比同齡的孩子高壯，皮膚粗黑不健康，一張大臉配上痴愚的五官，四肢手腳又粗又大。用餐時，他總是狼吞虎嚥，這讓他暴戾易怒、兩頰鬆弛，雙眼也暗淡無神。這時他應該待在學校裡，但他媽媽把他接回家住一兩個月，理由是「他身體不好」。校長邁爾斯先生說，家裡若少送些蛋糕或糖果到學校給他，他的情況就會好很多。但他媽媽拒絕聽那樣的話，她寧願相信自己的兒子氣色不好是因爲太用功了，或是太想家了。

約翰總是隨時隨地欺負我，讓我很怕他，僕人也不敢爲我說話。而李德太太對這事根本就不聞不問，即使約翰當著她的面打我或辱罵我，她也視若無睹。

我走向他，他花了大約三分鐘的時間對我扮鬼臉。他忽然不發一語的揮來一拳，讓我往後退了一兩步才站穩。

「妳躲在窗簾後幹什麼？」

「我在讀書。」

「把書拿來。」

我回到窗邊，把那本書拿過來。

「妳竟敢亂翻我們的書！走到門邊去站好，離窗戶或鏡子遠些！」

我照他的意思站好，但當我看到他高舉那本書要砸我時，我本能地驚叫出聲並躲向一旁。然而，我還是被書擊中了，我的頭撞在門上，額頭劃出一道傷口，流出血來。疼痛的感覺，讓其他情緒取代了恐懼。

「邪惡、殘忍的孩子！」我說：「你就像殺人犯，就像暴君！」

「什麼？」他大叫。「她竟敢這樣說我？妳們聽到沒有，伊莉莎、喬琪安娜？看我告訴媽媽去？但首先……」

他對我衝過來，抓住我的頭髮和肩膀。在我眼中，他眞的與暴君和殺人犯無異。我感到一陣銳利的刺痛，那股疼痛超越恐懼，讓我狂暴地抵抗他。我不曉得我是怎麼回手的，只聽到他大聲咆哮道：「臭老鼠！」伊莉莎和喬琪安娜連忙跑去叫李德太太。李德太太趕下來，剛好看到這一幕。跟在她後面的保姆貝西和侍女艾波特趕緊過來把我們拉開。

「不得了！竟然這麼粗暴地攻擊約翰少爺！」

「有人看過這麼激烈的景象嗎？」

李德太太下令，「把她帶到紅房間關起來！」

四隻手立即抓住我，把我架上樓去。

「艾波特，抓緊她的手臂，她簡直像隻瘋狂的貓。」

「無恥！」艾波特大叫，「愛小姐，妳竟然毆打一位小紳士、妳恩人的兒子，實在是令人震驚，他可是妳的小主人！」

「主人？他怎麼會是我的主人？難道我是僕人嗎？」

「不！妳比僕人還不如，因爲妳寄居於此，卻毫無貢獻。現在，給我坐下來，然後好好反省。」

這時，她們已經把我拉進李德太太指定的房間，並把我壓坐在一張凳子上。

她和艾波特雙手抱胸，不可置信地看著我的臉，似乎懷疑我是否瘋了。

「她以前從來不曾這樣。」貝西終於開口，轉頭跟艾波特說。

「那是她的本性，她很陰險，我從其他同齡的女孩身上沒看過這麼多的心眼。」艾波特回答。

貝西沒回答，過了一會兒，對我說：「愛小姐，妳對李德太太是有義務的，這一點妳應該明白。她供妳吃住，她若把妳趕出去，妳就得到窮人收容所去。」

艾波特和貝西又是勸又是威脅，要我感恩守本分，做個有用又討喜的孩子，不然的話，我就會被送走，並且上帝會派壞東西來抓我。

接著她們走出去，把門關上，並且鎖起來。

紅房間平時沒人用，除非一下來了太多訪客，然而，它卻是這座豪宅裡最寬敞、最華麗的房間。一張桃花心木大柱支撐的床，周圍掛著深紅色簾帳。兩扇大窗戶，上面覆蓋著花綵，厚重的窗簾常年垂下。地毯是紅色的，床腳的小桌上鋪著棗紅桌布，壁紙是淡淡的粉紅色。衣櫥、化妝檯、椅子等，都是黑亮的古董桃花心木。在這些深色背景裡，高高的白色床墊、枕頭和床罩顯得特別突出醒目。

李德先生已經過世九年了，他就是在這裡斷氣的，也是在這裡入殮，然後由處理喪葬的人抬出去。從那天起，一股恐怖的神聖感就籠罩著這房間，讓人不敢輕易闖入。

我不確定門是否真的鎖上了，當我敢動時，便走過去查看。唉，真的鎖上了，而且沒有比這更堅固的牢籠了。走回凳子時，我得經過一面鏡子，鏡子中那個小小的、奇怪的身影也凝視著我，產生出有如鬼魅的效果，看起來彷彿是個半仙半鬼的小幽靈。

我對李德先生沒有記憶，但我知道他是我的親舅舅、我媽媽的哥哥。在我失去雙親時，他收留了我，並在臨終前，要求李德太太承諾會視我如己出地扶養我。或許李德太太覺得她信守了承諾，然而，她怎麼可能真的喜歡一個入侵者呢？迫於諾言，她得照顧一個她無法喜愛的怪小孩，還得看著自己的家庭受到那個格格不入的外人干擾，她一定很厭煩！

我從不懷疑，李德先生若還在世的話，一定會善待我。然而現在，我開始想起我曾聽說過的有關死人的事——臨終前的願望若無法達成，往生的人會惶惶不安，然後返回人間，懲罰破壞諾言的人，爲受害者報仇。

紅房間開始變暗，外面的風雨依舊。我抬起頭來勇敢地環視黑暗的房間，這時，一束光線在牆上閃爍。那是透過百葉窗照進來的月光嗎？不，月光是靜止的，但那光線明滅不定。我凝視那道光時，那光線甚至滑向天花板，在我頭頂上搖晃著。那光束是來自另一個世界的靈魂？我的心猛烈撞擊著，覺得窒息，連忙奔到門邊，死命晃動門鎖。

外面走道傳來跑步聲，鑰匙轉動，貝西和艾波特奔進來。我哭叫著要回育兒室，然後抓住貝西的手，告訴她們，我覺得有鬼要來了。

我的哭叫聲引來了李德太太，但她對我的哭叫無動於衷，說她很厭惡小孩子的詭計，只有在我變得乖巧安靜時，才會放我出去。

「舅媽，可憐可憐我！原諒我，我受不了了——請妳用別的方式懲罰我吧！我會死掉的，如果——」

「閉嘴，這粗野的行爲令人作嘔！」的確，在她眼裡，我小小年紀就會演戲，並且是乖戾、惡劣、陰險。

貝西和艾波特退下了，李德太太對我的悲傷和啜泣深感不耐，把我用力推回房間後，將門鎖了起來。我聽到她大步走開的聲音。而她離去後不久，我因過度激動，逐漸失去了知覺。

＊

接下來我意識到我在自己的床上，已經是晚上了，貝西站在床腳邊，一位男士坐在靠近我枕頭旁的一張椅子裡，彎身看著我。我仔細看那位男士的臉，我認識他，那是洛伊德先生，是個藥劑師。僕人生病時，李德太太會請他過來，給她自己或她的寶貝看病，她會請醫生。

「嗯，知道我是誰嗎？」

我說出他的名字，同時把手伸給他。他握住我的手，微笑說：「妳很快就會好起來，不用耽心。」然後交代貝西，不可讓我在夜裡受到任何驚擾。他說第二天會再來看我，然後離開了。

接下來，貝西輕聲細語的對我噓寒問暖，因此我壯膽問了一個問題。

「貝西，我怎麼了？我生病了嗎？」

「我想，妳在紅房間裡哭得太厲害，昏過去了。」

貝西走進育兒室外的佣人房，我聽到她說：「莎拉，妳跟我到育兒室去睡，今晚我死也不敢一個人陪著那可憐的孩子，她可能會死掉。眞奇怪，她竟然會那樣昏過去，好像看見了什麼，女主人也太狠心了！」

洛伊德先生在早晨時又來了一次，他詢問貝西我的情況，貝西回答說，我情況很好，接著他問起我哭泣的原因。

「妳一直在哭泣，簡愛小姐。妳可以告訴我爲什麼嗎？妳是不是哪裡痛？」

「沒有，先生。」

「噢，她是因爲不能跟小姐們一起坐車出去所以哭。」貝西插嘴道。

「當然不是，她已經很大了，不會爲這種小事煩惱。」

我也是這麼想。這個無理的指控傷害了我的自尊，於是我立即回答道：「我從來不曾爲這樣的事哭過，我哭是因爲我很悲慘。」

「噓，小姐。」貝西道。

那個好心的藥劑師顯然有點迷惑，我就站在他面前，他灰色的小眼睛緊盯著我。半晌，他說：「妳昨天爲什麼會生病？」

「她跌倒了。」貝西又插嘴道。

「跌倒？幼兒才會那樣！她這年紀難道不會走路嗎？」

「我被打了。」率直的解釋從我再度受傷的驕傲裡蹦出來。「但那不是我生病的原因。」我加了一句。

這時，召喚僕人用餐的鈴聲響了。貝西雖寧願留下來，但她非下去不可，因爲在蓋茲海德園，準時用餐是僕人必須嚴守的規矩，洛伊德先生答應她會勸我。

貝西走後，洛伊德先生追問我生病的原因。我說我被關在一個有鬼的房間裡，而且我很不快樂，因爲我沒有父親母親，也沒有兄弟姊妹。

「但妳有一個仁慈的舅媽，還有表哥、表姊妹。」他說。

我頓了一下，然後笨拙地說道：「但約翰打我，而舅媽把我關在紅房間裡。這不是我的家，先生。艾波特也說，我比僕人更不配住在這裡。」

「妳不可能傻到想離開這麼高貴的地方吧？」

「若有其他地方可去，我會很高興離開。但除非我長大成人，否則我永遠都不可能離開蓋茲海德園。」

「妳想上學嗎？」

我不是很清楚什麼是學校，聽貝西說，學校的紀律有點恐怖，但可以學習畫畫、唱歌、彈奏樂器、編織、讀法文等，又很吸引人。此外，上學意味著遠離蓋茲海德園，進入一個嶄新的生活。

「我很願意去上學。」我深思後說出結論。

「嗯，誰曉得會發生什麼事呢？」洛伊德先生說，站了起來。「這個孩子應該換個環境和氣氛，精神狀況不是很好。」

這時貝西回來了，洛伊德先生向她表示，想跟李德太太談談。

一天晚上，艾波特與貝西在育兒室做女紅時，討論起洛伊德先生跟李德太太的談話，那時她們以爲我睡著了。

「我敢說，女主人一定很高興能擺脫她，她看起來總好像在觀察著每一個人，或在策劃著什麼陰謀似的。」艾波特說。

從她們的話裡，我才知道，我的父親是個牧師，而我母親不顧親友的反對下嫁給他。我外公一氣之下，斷絕了所有的經濟支援。婚後一年，我父親在探視窮人時感染了傷寒，而母親也因他傳染而得病，兩人在一個月內先後去世。

貝西嘆息了一聲說：「可憐的簡小姐也眞値得同情。」

二

日子一天天過去了，我早已回復原來的健康，但上學那件事，卻沒有人再提起。伊莉莎和喬琪安娜在她們母親的命令下，儘量與我保持距離。約翰則一看到我，就對我吐舌頭。有一次，他試圖欺負我，但我立即展開反擊，他跑到他媽媽身邊，哭哭啼啼地瞎編我像隻野貓般撲向他，但被他媽媽嚴厲地制止了。

「別跟我提到她，約翰，我不要你或你的姊妹們與她爲伍。」

那時，我正靠在樓梯的欄杆旁，忽然想都沒想地就大聲脫口而出說：「是他們不配跟我在一起！」

李德太太聽到我這句話時，敏捷地奔上樓來，將我掃進了育兒室，把我推倒在我的床邊，然後禁止我離開床邊或再講一句話。

「李德舅舅若還活著，他會怎麼說妳呢？」我詰問她。

見她一向鎮靜冷酷的灰眼珠露出一絲恐懼和不安，我決定說個痛快。「李德舅舅已經上了天堂，妳在做什麼、想什麼，他都看得見。我爸爸媽媽也都看得見，他們知道妳把我關起來一整天，而且希望我死掉。」

李德太太倏地用力搖晃我、打我耳光，然後一言不發地走了。之後貝西數落了我差不多一個小時，說我是全天下最邪惡、最不知羞恥的小孩。

兩個多月後，我將床鋪好，睡衣也折好後，開始對著窗戶上的霜花呵氣，就在我想對著窗玻璃呵出更大的範圍時，我看到大門打開，一輛馬車奔了進來。不久，貝西跑上樓來，幫我洗了手和臉，並梳好我的頭髮，脫下我身上的圍裙，然後把我趕到樓梯口，叫我直接下樓到早餐室去，因爲有人在那裡等我。

我慢慢走下樓去，站在沒人的走廊裡，前面就是早餐室的門，我停在那裡，害怕地顫抖著。

我鼓起勇氣打開門走進去，彎身行禮後，看見一根黑色大柱子！的確，我第一眼看到那個矗立在地毯上，挺直、瘦高、全身黑的身形時，是這麼認爲。

李德太太坐在火爐旁的位子上，招手示意我過去。「這就是我對你提過的小女孩。」

那個人轉過身來仔細打量我，他先問李德太太我的年紀，在得知我十歲後十分疑惑。然後他又問我我的名字，我告訴他我叫簡愛，他隨即又問我是不是好孩子。李德太太用力搖頭，替我回答了這個問題。

「布洛寇赫斯特先生，我在三個星期前給你的那封信裡已經講得很清楚，這個小女孩的個性和氣質我都不滿意，你若讓她進入洛伍德就讀，請務必要求校長和老師們好好盯著她，特別要幫她改掉她說謊的習慣。簡，我當著妳提這件事，是避免妳騙布洛寇赫斯特先生。」

李德太太天性就是如此殘忍，她當著一位陌生人的面汙衊我，眞叫我痛徹心扉。我努力壓下啜泣，匆忙擦掉幾顆淚珠，無力用其他方式呈現我的悲傷。

布洛寇赫斯特先生說：「所有說謊的人將來都會在地獄裡燃燒，不過，我們會好好看著她的，李德太太，我會特別交代鄧波小姐和所有的老師。」

「我希望你們以適合她的方式來教育她。」我的恩人繼續說：「讓她成爲有用、謙虛的人。至於放假期間，也希望你們容許她留在洛伍德。」

「您的決定再明智不過，夫人。」布洛寇赫斯特先生回答道：「洛伍德的生活守則，粗簡的飲食、樸素的衣著、簡單的設備、堅毅力行的習慣等——這些都是學生必須遵守的。」

「很好，先生。那麼，這個孩子是不是已經獲准入學，並接受符合她身分和能力的教育了？」

「是的，夫人。我相信她將來對這個無法估量的恩惠會懂得感激的。」

「那麼我會儘快送她過去，布洛寇赫斯特先生。因爲，說實在的，我急著擺脫這個越來越討人厭的負擔。」

布洛寇赫斯特先生離開前給我一本《兒童守則》，並告訴我，裡面有一章是描述一個愛說謊的小女孩瑪莎琪驚恐猝死的故事。

他離開後，李德太太要我回到育兒室去。

我站起來，走向門口，又走了回來。有些話我非說不可，我被無情地踐踏，一定得報仇。我鼓起勇氣，將滿腔的憤恨以魯鈍的言語發洩出來，「我一點都不虛假，我若虛假，就應該說『我愛妳』。但我告訴妳，我一點都不愛妳。除了約翰李德，這個世界上我最不喜歡的人就是妳！而這本描述欺騙者的書，妳可以把它送給妳的女兒喬琪安娜，因爲會說謊的人是她，不是我！」

李德太太一動也不動，冷酷的雙眼瞪著我。

「妳還有什麼要說的嗎？」她問，語氣像是面對一個成人，而不是個小孩。

我全身顫抖，無法控制、激動地繼續說：「我很高興我跟妳沒有血緣關係，只要我活著一天，我都不會再叫妳舅媽。若有人問我喜不喜歡妳、妳待我如何，我會告訴他們，一想到妳我就覺得反胃，因爲妳曾用最殘酷的方式對待我。」

「妳竟敢那麼說，簡愛？」

「我怎麼敢？因爲那是事實！我到死都會記得妳怎麼粗暴地把我推回紅房間去，然後把我鎖在裡面，無視我的痛苦悲傷，也無視我的哭求。別人以爲妳是個好女人，但事實上，妳的心腸又壞又硬——妳才是個騙子！」

「沒錯，我應該儘快送她到學校去。」李德太太低聲自語，然後倏地快步走了出去。

我第一次品嘗到類似報仇的痛快，那感覺有如香甜的酒，一口吞下時，讓人覺得溫暖、飄飄然，然而它的後勁辛辣，卻也給我一種宛如被下毒的難過。當下，我願意立即去請求李德太太的原諒，但從過去的經驗，我知道那只會讓她以加倍的鄙視來虐待我，而那又會激起我天性裡狂暴的衝動。

我打開早餐室的玻璃門往外看，灌木叢靜止不動，天地間籠罩著厚重的寒霜。我用外套的裙襬包住頭和手臂，走到花園的隱密處散步。我倚著一扇大門，眺望沒有放牧羊兒的曠野。那天雲層很厚，整個穹蒼顏色灰敗，雪花偶而飄下來，落在僵硬的小路和霜白的草原上，消融不去。

忽然，貝西踩在小徑上向我跑了過來。

「妳這個頑皮的小東西！」她說：「爲什麼叫妳，妳都不應？」

我雙手抱著她，拜託她別再罵了，這個坦率無懼的反應，竟然讓她覺得開心。她低頭看著我，猜我是不是要去上學了，問我離開她會不會難過。

「貝西哪裡在乎我？她老是責罵我！」

「那是因爲妳這麼奇怪、害羞，又容易受驚嚇，妳應該大膽點。」

「然後遭受更多的毆打！」

「胡說！不過妳的確被欺負了，這一點毋庸置疑。我們進去吧！女主人與少爺小姐們今天下午會出去作客，所以妳可以跟我一起喝下午茶，我會請廚子替妳烤個小蛋糕。之後，妳再幫我收拾妳的抽屜。我很快就得替妳打包行李，因爲女主人希望妳在一兩天內就離開蓋茲海德園。」

「貝西，妳一定要答應我，在我離開前都不會再罵我。」

「嗯，我答應妳。但妳也要當個好孩子，而且妳也不要那麼怕我。我若不經意說話兇一點，妳不要馬上就跳起來——那好討人厭！」

貝西蹲下來，我們互相擁抱，然後我跟著她進屋裡去，心裡感到很安慰。晚上，貝西跟我講她最有趣的故事，給我唱她最甜美的歌。孤涼如我，生命中也曾閃現過這樣一絲陽光。

三

那天，我搭乘凌晨六點的馬車離開蓋茲海德園，貝西帶我去等車時，問我要不要去跟李德太太告別，我拒絕了，因爲她從來都不是我的朋友，而是我的敵人。

「再見了，蓋茲海德園。」走出門口時，我大叫。

門房的妻子聽說洛伍德學校離蓋茲海德園有五十哩，說：「這麼遠？眞不曉得女主人怎麼會讓她自己一個人去。」

我抱著貝西的脖子，跟她親吻道別，她把我抱進車廂後，大聲交代警衛，要他們照顧我。從此，我與貝西以及蓋茲海德園切割，邁向一個遙遠、未知的領域。

我不大記得整個旅程了，只記得馬車走了很遠的路，我打起盹來，直到車子忽然停住，讓我驚醒過來，一個穿著像女僕的人站在車門邊。

「車上有一個叫簡愛的小女孩嗎？」她問。

我回答說：「有。」然後我被抱下來，我的行李也從車頂卸下。馬車很快又

開走了。

四周一片漆黑下著雨，我張望了一下，隱約看見前面有一幢大屋。隨著那名女僕走進屋裡去，她帶我進入一個有爐火的房間後離開了。當我正凝神看著牆上的一幅畫時，門開了，兩位女士走進來。

前面的那位有著黑髮黑眼睛，潔白的額頭很飽滿，身材挺直，臉上的神情很嚴肅。

「這孩子這麼小，不應該獨自出門。」她說。然後和藹的問我姓名、年紀及家中情形，我一一回答後，她溫柔地用手碰碰我的臉頰說希望我是個好女孩，就把我留給另一位女士米勒小姐了。當晚我先跟米勒小姐睡一張床，旅途的疲憊讓我很快就睡著了。

第二天我被鐘聲吵醒，包括我在內，每個人都不情願地起床。漱洗時每六個人共用一個臉盆，我等了好久才輪到。

這裡總共分成四班，我被分到年紀最小的那班。我們排隊走進一個房間吃早餐，因爲前一天，我幾乎沒有吃東西，簡直餓壞了。我狼吞虎嚥地吃了幾口粥，等饑餓的感覺一過就難以下嚥了，其他的女孩也都吃不下口。

離開餐廳時，我看到老師的臉上都露出不悅的神情，有個高壯的老師壓低聲音說：「這怎能下嚥？真可恥！」

上課前學生高聲談話，講的都是早餐的事。忽然，老師們站了起來。我望向教室後方，那裡站的是昨晚接見我的那位女士。

我的眼光追隨著她的腳步，對她有說不出的仰慕。她看起來高䠷、婀娜，棕色的眼睛上兩排又長又密的睫毛，髮際一圈捲捲的髮絲是當時最流行的樣式，身上一襲滾著黑絲絨的紫色衣裳也非常時髦，腰間還掛著一隻金錶。那是鄧波小姐，洛伍德的校長，是一位五官美麗、皮膚白晰，氣質非常莊重高雅的女士。

鄧波小姐，還有所有老師，開始授課，直到鐘敲了十二下，校長站起來。

「我有些話跟大家說。」她說：「今天的早餐妳們無法下嚥，現在一定很餓了，我已經下令廚房給妳們準備了麵包和乳酪。」

麵包乳酪很快地送進來，全部的學生都開心享用。

休息時間，我跟著大家一同走到戶外的花園去，每一個人都戴上一頂粗草帽，穿上粗呢灰大衣。

花園很大，若繁花盛開時應該很美，但當時是一月底的嚴冬，整個花園看起來很蕭條。活潑的學生仍然在溼答答的草地上笑鬧奔跑著，蒼白瘦弱的則縮在走廊上，其中不時傳來咳嗽聲。

我孤單地站在走廊上，思緒漫遊著。看到一個女孩坐在離我不遠處，低著頭，正專心看書。翻頁時，她不經意抬起頭來，於是我直接問她說：「妳的書好看嗎？」

「我覺得不錯。」她打量了我一下後回答。

「那是什麼書？」我繼續問，不知哪來的勇氣竟敢跟一個陌生人攀談，也許是因為我也喜歡看書吧。

「妳可以看看。」那女孩說，把書遞給我。我隨意翻了一下，密密麻麻的文字裡並沒有圖畫或精靈仙子的故事，於是我把書還給她。她安靜地接過去後，低下頭準備繼續看書，但我又大膽地打擾她，問了她問題，得知這是一所慈善學校，學生都是接受救濟的孤兒。而娜歐蜜．布洛寇赫斯特是這學院的創辦人，現在學校由她的兒子管理。

「這地方不屬於鄧波小姐的嗎？」

「哦，不，她要向布洛寇赫斯特先生負責，而我們的衣服、食物也都是交由他採買的。」

下午的時候，跟我在走廊談話的那位女孩，上歷史課時被史凱雀小姐當眾斥責，然後被罰站。我以為她會難過或羞愧，但令我驚訝的是，她既沒哭泣也沒臉紅，在眾目睽睽下，只鎮靜嚴肅地站著。

*

隔日，跟我在走廊上談話的女孩姓博恩絲，她又被史凱崔小姐罵了，她們正在上查理一世的歷史，史凱雀小姐問了許多問題，學生多半無法回答，但每次問到博恩絲，她總是說出正確答案，可是史凱雀小姐不但沒有讚美她，還罵她骯髒、沒洗手，但博恩絲沒有解釋，是因爲早晨水結冰了，根本無法洗臉或洗手。

我看到博恩絲被史凱雀小姐用細樹枝綁成一把的東西，在她的脖子上死命地抽打了十幾下。看到這一幕，我的指頭因憤怒而顫抖，但博恩絲沒哭，表情也沒有變化。

史凱雀小姐又大聲叫罵，要她把鞭子拿回去書室收好。博恩絲很聽話，她從書室走出來時，我看到她把手帕放進口袋，削瘦的臉上有一絲淚痕。

下午，我從桌下爬到火爐旁，看到專注看書的博恩絲。

我過去跟她聊天，得知她的名字是海倫，家在北邊快到蘇格蘭邊界的地方，她以後想回去，但不曉得將來會怎樣。我覺得她一定很想離開洛伍德，但她卻說，她到洛伍德是爲了接受教育，沒達到目的，離開一點用處也沒有，而且她覺得史凱雀小姐對她不殘忍，只是很嚴格罷了。

「她若用鞭子打我，我會把它搶下來，當著她的面把它折斷。」我說。

「妳若這麼做會被退學，而妳的家人會很難過。我寧願忍受痛苦，也不願讓親友承擔惡果。更何況，聖經也要我們以德報怨。」

「但被當眾抽打或罰站實在太難堪了！而且妳又那麼棒。換做我，我沒辦法容忍！」

「若不能避免，容忍就是妳的責任。當命運要求妳容忍時，『無法容忍』是軟弱愚蠢的說法。」

她的道理令我驚奇——她看待事情的角度不是當時的我所能懂的。

「鄧波小姐也像史凱雀小姐那麼嚴格嗎？」

聽到鄧波小姐的名字，海倫嚴肅的臉上閃過一絲笑容。「她人非常好，即使最頑劣的學生，她也不忍苛責。」

這時，某個班長出現了，粗魯地要海倫回去整理抽屜，否則要去向史凱雀小姐報告，海倫嘆了一口氣，默默走回去。

四

在洛伍德的第三個星期，布洛寇赫斯特先生終於出現了。他大踏步穿過教室，走到鄧波小姐身旁，在她耳邊低聲說話。我很怕他在講我的缺點，不過幸好他講的是新購買的縫紉器材，以及學生襪子的事。鄧波小姐客氣地回答說會謹照吩咐。

他還說：「洗衣婦說有些女孩一個星期用了兩條乾淨的領巾，這太浪費了，規定是一星期只能用一條。」

「這我可以解釋，先生。艾格妮絲和凱瑟琳上星期受邀到洛頓做客，因此我讓她們戴上乾淨的領巾赴約。」

布洛寇赫斯特先生點點頭。「嗯，偶爾還可以。還有，剛才對帳時，我發現過去兩個星期來，學生有兩次在中餐前多吃了一頓麵包加乳酪的點心。這是怎麼回事？」

「這件事我應該負責，先生。」鄧波小姐回答：「因爲早餐的粥煮糊了，學生無法下嚥。」

「鄧波校長，妳知道我教育這些女孩的準則，就是要她們堅毅、自持。如果粥煮糊了，就用其他精緻的餐點補償，那我們如何讓學生學會？當妳把麵包和乳酪放進這些孩子的嘴裡時，也許飽了她們的肚子，卻餓了她們的靈魂。」

此時，我不愼讓用來做算術的石板滑落，當我彎腰去撿那破成兩片的板子時，我知道一切都完了。

「粗心的女孩！」布洛寇赫斯特先生說，頓了一下然後很大聲地道：「打破板子的那個學生現在站出來！」

我全身麻木，坐在我左右的兩個大女孩把我拉起來往前推。鄧波小姐在我耳邊輕聲安慰我，說沒人會懲罰我的無心之過，但這慈愛的話像一把刀般刺進我的心。我知道，再過一分鐘，她就會視我爲虛假的孩子而鄙視我。

布洛寇赫斯特先生要人把我放到板凳上，然後開始說話。「妳們都看見這個女孩了嗎？」

我感受著自己的脈搏，折磨既然無法避免，那就堅強忍受。

「妳們要小心防範她，最好不要讓她加入妳們。各位老師，妳們要緊盯著

她，要懲罰她的肉體以拯救她的靈魂。因爲這個孩子比異教徒還可怕，她會撒謊！」

這時，我已完全冷靜了，陪同布洛寇赫斯特先生前來的太太與兩位女兒，全都拿起手帕遮住眼睛，喃喃道：「噢，眞駭人！」

布洛寇赫斯特先生繼續說：「這是我從她的恩人那裡知道的，那位慈善的女士從她嬰兒時期就收養她，視她如己出，但她卻以忘恩負義的態度回報，致使她的恩人不得不將她送走。她是來這裡接受治療的，妳們千萬不要讓她汙染了這一池乾淨的水！」

布洛寇赫斯特先生終於講完了，他們全家向鄧波小姐欠身致意後離開了。我的判官走到門口時，轉過頭來加了一句，「讓她在凳子上再站半個小時。今天一整天，不准任何人跟她講話！」

我才說過我無法容忍被罰站的恥辱，但這時的我卻站在凳子上，承受著眾人的眼光。我內心的激動筆墨難以形容，但就在我幾乎不能呼吸時，海倫博恩絲走過我身邊，看了我一眼，給我很大的鼓舞及力量，她抬頭對我微笑了一下。那個微笑，我至今記得，那是眞正的勇氣和大智慧的湧現，她瘦削的臉、深陷的灰眼睛彷彿天使的聖顏般，漾著一股光。

下課後，我爬下凳子，然後坐到教室一角，趴在地上痛哭起來。來到洛伍德後我一直都很努力，結交了許多朋友，也被米勒小姐和鄧波小姐讚美了，如今我卻被踐踏在地。

這時，海倫博恩絲走進來，拿來我的咖啡和麵包安慰我。

「簡，沒有人會鄙視妳，甚至有很多人同情妳。」

「在布洛寇赫斯特先生那麼說之後，怎麼可能呢？」

「他的人緣很差，他對妳好，妳反而會被討厭。只要妳對得起自己的良心，就一定會有朋友。而且天主的愛無所不在，祂都看在眼裡，生命如此短暫，死後就是永生的快樂，爲何要讓悲傷擊垮我們呢？」

我沉默了，海倫的話安慰了我，但她的話卻夾著一絲哀傷。話說完，她呼吸變得有點急促，且開始大聲咳起來。我暫時忘卻自己的悲傷，把頭放在她的肩上，手攬著她的腰。這時，鄧波小姐進來了。

「我是來找妳的，簡。」她說：「請妳到我的房間來，海倫博恩絲，妳也一起來吧！」

我們來到鄧波小姐的房間，裡面很暖和，布置也很典雅。她請海倫坐在火爐旁的一張搖椅上，自己坐在另外一張，然後叫我過去。

她說：「簡，現在我要妳爲自己辯護。告訴我，就妳記憶所及，曾發生過哪些事，但不可以加油添醋。」

我儘量用和緩的方式把事情說出來，也提到了藥劑師洛伊德先生對我的照顧。說完後，鄧波小姐沉默地看著我，半晌，她說：「我認識洛伊德先生，我會寫信給他，如果他的回覆與妳的描述相符，我會公開替妳澄清。對我而言，簡，妳現在是無辜的了。」

她吻了我一下，然後站起來，去量海倫的脈搏，回座時，我聽到她一聲輕嘆。她沉思了一會兒，然後提起勁來，愉快地說：「兩位今晚是我的客人，我理當招待妳們。」

鄧波小姐的氣質言行都很從容優雅，而海倫展現出不凡，眼睛漾著美麗的神采。她們所談的事情都是我聞所未聞的，包括人文、地理、歷史典故、異邦風情、科學奧妙等等，學識眞是淵博啊！最後，鄧波小姐問海倫是否還記得她父親以前教她的拉丁文，然後從書架上拿下一本書，要她朗誦並詮釋一段維吉爾的作品，她嘴裡吐出的每一字、每一句都多麼教我震撼！

可惜，就寢的鐘敲響了，鄧波小姐跟我們擁抱道別，她抱海倫抱得久一些，眼光也追隨著她的身影到門口。離去時，我又聽到她一聲輕輕的嘆息，也看到她偷偷擦掉一滴眼淚。

一星期後，鄧波小姐收到洛伊德先生的回信，當天鄧波小姐就召集了全校師生，爲我澄清布洛寇赫斯特先生對我的不實指控。同學們爲我歡呼高興，老師也都來與我握手道賀。

五

春天，洛伍德已到處繁花盛開、草木欣欣向榮了。但長期的饑餓加上未及時治療的感冒，洛伍德八十名學生一下就病倒了四十五名。海倫博恩絲也生病了，我已經好幾個星期沒見到她，只知道她被隔離開來，因爲她染上了肺結核。有一兩次，她到樓下來曬太陽，我只能遠遠看著她，老師和看護都不准我靠近。

六月初的某個夜晚，皎潔的月亮當空照著，四周飄散著花香，我深吸一口氣。心想，這個世界這麼美，要離開它前往一個未知之處，多麼令人不捨！

晚上十一點鐘，我悄悄起身，赤腳走出寢室往鄧波小姐的房間走去。鄧波小姐的房門微微開著，我輕輕把門推開，看到海倫，她看起來蒼白消瘦，但神態自若，與平日差不多，這讓我覺得稍微安心。

我爬上她的床，親吻她，她的手和臉很冰涼，但笑容卻很溫暖。

「簡，妳是來跟我說再見的，也許妳來的正是時候。」

「海倫，妳要去哪裡？妳要回家了嗎？」

「是的，我就要回我最後的家了。」

「不要，海倫，不要！」我難過得說不下去。

海倫忽然咳起來，咳完後，很虛弱地躺著。一會兒後她低聲道：「簡，妳沒穿襪子，躺下來跟我一起蓋著被子。」

我躺下來，她用手抱著我，我也緊緊地靠著她。半晌，她打破沉默，低著聲音說：「我很快樂，簡。不要悲傷，沒什麼好悲傷的。每個人都會死，我的病並沒讓我痛苦，我心裡很平安。我只有父親一個親人，他最近再婚了，因此不會想念我的。死得早對我而言是解脫，我並沒有足以在這個人世存活的條件或才華，我只會不斷犯錯。」

「我會再與妳相遇嗎？」

「一定會的，簡。」

我雙手將海倫抱得更緊，臉靠在她的脖子上。過了一會兒，她甜蜜地說：「我覺得我好像可以好好睡了。但不要離開我，簡，我喜歡妳在我身邊。」

「我會陪著妳，親愛的海倫，沒人可以把我帶走。」

「妳暖和嗎？親愛的。」

「暖和。」

「晚安，簡。」

「晚安，海倫。」

她親了我一下，我也親了她一下，然後我們兩個就睡著了。

我醒來時，天已經微亮。護士把我抱回宿舍去，沒人責怪我偷偷溜下床，因爲她們有更重要的事要忙。一兩天後我才聽說，那晚鄧波小姐於凌晨時分回到房間時，看到我睡在小床上，我的臉靠著海倫的肩膀，兩手抱著她的脖子，我睡著了，而海倫……死了。

*

因爲死亡人數太多，洛伍德遭受傷寒肆虐一事終於引起大眾注意。學校經營的缺點和苛刻學生的作法一一暴露，重創了布洛寇赫斯特先生的聲譽。幾個富有的慈善家捐出大筆款項，洛伍德由新的委員會接手管理，而布洛寇赫斯特先生只能掛名財務主管。從此，洛伍德變成了一個管理良好且眞正慈善的教育機構。

我在洛伍德待了八年，前六年是學生，後兩年是老師。第八年時，鄧波小姐結婚了，婚後隨夫婿搬到一個遙遠的城市去。送鄧波小姐離去後，我在房裡踱步了好久，我打開窗戶，望著兩大排校舍，心裡渴望著自由。

我想了又想，我該怎麼做呢？忽然，靈光一閃，我可以登報找工作！第二天，鐘末敲我就起床了，我試著寫下幾行字：

善長教學的年輕女教師想要尋求家庭教師的工作，可教導十四歲以下的孩子。能教英文、法文、繪畫以及音樂。

到郵局把信寄到報社去後，接下來的一星期特別漫長，週末好不容易來臨，我再度前往鎮上，收到了唯一一封信：

若這位年輕女教師所說屬實，她將獲得一個家庭教師的職位，學生是一名不到十歲的小女孩，年薪三十鎊。請這位老師備妥推薦信、姓名、住址等，寄到彌爾寇特鎮松菲園，菲爾法斯太太收。

第二天，我跟校長報告，請她向布洛寇赫斯特先生以及其他委員提說。布洛寇赫斯特先生說他必須先徵求李德太太的意見，因爲她是我的監護人。而李德太太很快回函說，我高興怎麼做就怎麼做，所有委員傳看了李德太太的信，都覺得理當助我一臂之力，因此我獲得了離職的允許以及學校的推薦信。

離開洛伍德的前一晚，一位漂亮的少婦來訪。

「妳看我是誰？」

我馬上緊緊抱住那個人，不斷親吻她。「噢，貝西！貝西！貝西！」我一直叫著，而貝西則又是哭又是笑的。

「妳並沒長得又高又壯，簡小姐。我敢說他們沒有把妳照顧得很好吧？李德小姐至少比妳高一個頭，而喬琪安娜則有妳兩倍壯。喬琪安娜非常漂亮，去年冬天有一位爵士愛上了她，但爵士的親人反對他們交往，結果他們兩個竟想私奔，不過李德小姐洩露了他們的行蹤後被阻止了，我相信她是嫉妒妹妹。現在，兩個姊妹一天到晚打打鬧鬧。約翰李德上了大學，可是被退學了。我想李德太太心裡並不安寧，李德少爺讓她很煩心——他花天酒地，很揮霍。」

「是她叫妳來的嗎？貝西。」

「不是。一聽說妳要離開洛伍德了，我就想一定要來看妳，免得以後離得更遠了。」

「貝西，妳看到我是不是覺得很失望？」我笑著問她。

「怎麼會，簡小姐。妳非常優雅，看起來是個淑女，而這也是我向來對妳的期待，妳從小就不是個漂亮的孩子。」

貝西的坦率讓我笑起來，她說得沒錯，但我還是有點在意，畢竟，對一個十八歲的女孩而言，誰不希望自己的外表有點吸引力呢？

她告訴我，曾有個看起來像酒商的紳士來找我，在得知我於五十哩外的學校住宿時很失望，因爲他第二天就得搭船出國，貝西相信他是我父親的兄弟。接著她問我會不會彈琴作畫，我一一展現給她看，她說我鋼琴彈得比兩位李德小姐好，畫也比李德小姐的繪畫老師還畫得好。聽到我會法文、女紅和手藝後，她說我是個多才多藝的淑女。

六

抵達松菲園時，一名女僕帶我進入一間溫暖舒適的小客廳，火爐旁有一張搖椅，上面坐著一位嬌小的老太太，穿戴非常乾淨整齊。她正在打毛線，樣子比我想像的還要可親。

一看到我進來，她馬上站起來，客氣地走過來歡迎我。「妳好嗎？親愛的，妳一定很冷吧？快到火爐這邊來。」

「我猜妳是菲爾法斯太太吧？」我問。

「是的，妳猜對了。請坐。」

她讓我坐到她的搖椅上，幫我把披風和帽子脫下來，然後轉頭要女僕端一點熱白葡萄酒和三明治，隨即又叫人把行李搬到我的房間。她待我像貴客，讓我有點受寵若驚。

聊天時，我才知道我的學生叫亞黛拉．華倫斯，並不是她女兒。

她告訴我，這裡的訪客很少，直至今年入秋，亞黛拉和她的保姆來了，整個屋子才活絡起來。現在加上我，一定會讓這裡更活潑。聽這位老太太這麼說，我整個人溫暖起來。

那是個美麗的秋天早晨，朝陽靜悄悄地照在草地上。我抬頭欣賞整棟屋宇的外觀，那是一座三層樓的建築，占地雖大但並不特別壯觀，是一座紳士的莊園，而不是貴族的豪宅。草坪四周圍著一堵矮牆，牆外是一大片草原。遠遠的，我看見有一個住家頗密的小村落。

就在我欣賞著這一切時，菲爾法斯太太在門口出現了。她說：「噢！妳起來了？看來妳是一隻早起的鳥兒！」

我走過去，她握住我的手，親吻我的臉頰。「這是一座美麗的房子，但除非羅契斯特先生回此定居或常回來，否則這屋子很快就會出狀況，高貴的建築或美麗的莊園需要主人的眷顧。」

「羅契斯特先生？」我驚訝地問：「他是誰？」

「松菲園的主人。」她平靜地回答：「妳不知道他的名字叫做羅契斯特嗎？」

我從來沒聽過這個名字，但老太太似乎覺得全世界都理當知道他的存在似的。原來菲爾法斯太太是松菲園的管家，她是羅契斯特的遠親，而羅契斯特才是此處的主人，也是華倫斯小姐的監護人。

這時，一個小女孩從草原一頭奔過來，後面跟著照顧她的人。小女孩只有七八歲的樣子，身材瘦瘦的，臉小巧而蒼白，濃密的捲髮長到腰際。

「早安，亞黛拉小姐，過來跟妳的老師打招呼。」

「這是我的家庭教師嗎？」她指著我，用法文問她的保姆，她的保姆也以法文回答說是。

「她們是外國人嗎？」我驚訝地問。

「保姆是外國人，亞黛拉則是在國外出生的，幾個月前才回到英國來，剛回來時，一句英文也不會說，現在會一點點了。但我相信妳一定聽得懂她們在說什麼。」

亞黛拉過來跟我握手，一開始，她話並不多，但我們進去吃早餐後，她忽然打開話匣子般，說個不停。

早餐後，我們到圖書室去，我的學生頗乖巧，但不習慣正規的上課。幾個小時後，我讓她回到保姆那邊去，自己則去準備畫畫的東西，以便下午上課時用。

經過走廊時，菲爾法斯太太從一間餐廳叫住我，她正在那裡打掃。那餐廳很漂亮，而且打掃得一塵不染，除了空氣冷些外，一點都不像平時沒人走動的樣子。

菲爾法斯太太說：「雖然羅契斯特先生不常回來，卻總是在大家意想不到的時候出現。他不喜歡東西都被包蓋起來，或大家因他忽然回來而忙成一團。因此，我想最好的辦法就是保持他隨時會回來的樣子。」

我問她，羅契斯特先生是什麼樣的人，她說羅契斯特家族在此地極受到敬重，而且他的佃農都認爲他是個既公正又慷慨的主人。

「他的個性呢？」我問。

「我不知道，很難形容，他一開口講話，你自可感受得到。說不上來他是在開玩笑還是認眞，到底是高興還是生氣，總之，他很難捉摸。不過，他是個很好的主人。」

菲爾法斯太太顯然不善於描述人事物，她的回答只讓我更迷惑。她提議帶我參觀整棟屋子，我欣然同意，一路上我不斷地讚嘆，因爲所有的家具、布置、擺設都是那麼有品味。對著前門的大房間都很氣派，而三樓的一些房間雖然較矮較暗，卻另有一種古意。

菲爾法斯太太笑著說，如果松菲園若鬧鬼的話，應該就是在這裡了，但這裡沒有鬧鬼，也沒有任何傳說，只是據說羅契斯特一族皆是性情激烈的男子。

這時傳來一聲詭異的笑聲，我停住腳步問菲爾法斯太太那是誰，她說可能是一個叫葛莉絲．普爾的僕人，她在某個房間裡做女紅，有時麗跟她一起做，她們常嘻嘻鬧鬧。

那笑聲又嘿嘿嘿起來，然後以奇特的喃喃自語結束。

「葛莉絲！」菲爾法斯太太叫。

一名大約三十來歲的女僕從最靠近我的一扇門走了出來。

「太吵了，葛莉絲。」菲爾法斯太太說：「不要忘了規矩！」葛莉絲默默彎腰行禮後，進去了。

接下來我們的談話轉向亞黛拉，然後走下樓去。

＊

日子漸漸過去，而我不時在三樓聽到葛莉絲的笑聲，每次聽到，總是令我渾身一顫。偶而看到她走出房門來，手裡拿著臉盆或餐盤到樓下廚房去，一會兒就帶著酒回房。她似乎是個寡言的人，我試著跟她攀談都失敗了。

一月的某個午後，亞黛拉因爲感冒而無法上課。那天菲爾法斯太太想寄一封信，我自願替她到兩哩外的乾草村幫忙寄信。

我在一顆石凳上坐下來，拉緊斗篷，欣賞原野的冬日景致。在石凳上，能俯視松菲園，及仰望初昇的明月，那時幾支煙囪已經開始冒出裊裊炊煙。

忽然，一陣馬蹄聲打破了寧靜，馬兒從我眼前奔馳而過，我站起來往乾草村的方向走，才走了幾步，就聽到馬兒滑倒以及騎士的咒罵聲，「見鬼了！這下可好！」

黑白相間的狗兒看見主人和馬的窘況，不斷大聲吠叫，讓周圍的山谷都迴響著牠的叫聲。牠嗅著主人，然後奔到我面前，彷彿在向我求救。我跟著牠走過去，看到騎士已經從馬身下爬出來了。

我想幫他，但他要我站在一旁就好，並要那隻叫派樂特的狗閉嘴。那騎士蹲下來檢查自己的腳，發現情況似乎有點糟，便慢慢移步到我之前所坐的石凳上。

「我可以替你到松菲園或乾草村找人來。」

「謝謝，我休息一下就好，我沒有骨折，只是扭到了。」說著他站起來試了一下他的腳。

夕陽餘暉下，我看他皮膚頗黑，五官嚴肅，一副壞脾氣的樣子，大概三十五歲左右。我不顧他揮手要我離去，又開口道：「天快黑了，先生，這裡又是荒郊

野外，除非我看著你上馬，否則，我不能丟下你不管。」
「我倒覺得這時妳應該是在家裡。妳哪兒來的？」
「松菲園。我正好要去乾草村寄信，我很樂意到那裡替你找幫手。」
「松菲園？」
「是的，先生。」
「那家主人是誰？」
「羅契斯特先生。」
「妳認識羅契斯特先生嗎？」
「不認識，我沒見過他。」
「他沒住在那裡嗎？」
「沒有。」
「妳知道他人在何處？」
「不知道。」
「妳看起來不像僕人，那妳是——」他打量著我，無法確定我的身分。一如往常，我穿著簡樸的黑衣服，質地還沒一般貼身侍女所穿的好。
「我是家庭教師。」

「啊，是家庭教師！」他重覆一遍。「見鬼了，我竟然會忘記！」他又再度打量我的穿著，然後請我幫忙。

因爲我不敢牽馬，所以便攙扶著他走到馬旁，等他上了馬消失在我面前，我便往乾草村走去，將這小插曲拋在腦後。

回到松菲園後，客廳透出溫暖的火光來，我瞥見一群人圍在壁爐前，聽見他們愉快地談著話，但還沒聽清楚，門就關上了，而我隱約聽見亞黛拉的聲音。

我趕到菲爾法斯太太的起居室去，但沒看見菲爾法斯太太，卻看到一隻黑白相間的大狗。太像了，我忍不住走過去，輕輕叫了一聲，「派樂特！」狗兒站起來走向我，在我身上嗅著，我撫摸牠，牠搖起尾巴。我拉鈴叫僕人，因爲我需要蠟燭，也需要有人告訴我這狗兒怎麼會在這裡。麗進來了，告訴我，這隻狗是羅契斯特先生帶回來的，他、菲爾法斯太太和亞黛拉都在客廳裡，而約翰出去請醫生，因爲羅契斯特先生騎馬滑倒，腳扭傷了。

七

隔天早上，我感覺松菲園不一樣了，它不再像教堂那般安靜，每隔一兩個鐘頭就有人敲門或拉鈴，走廊上響起不同的足音，不同的人以不同的語調講著話。

到了傍晚，菲爾法斯太太說羅契斯特先生要跟我一起喝茶，她要我換一件正式些的衣服。我換上一件黑絲晚裝，然後跟著菲爾法斯太太下樓去。進入客廳時，我看到亞黛拉和派樂特在暖烘烘的壁爐前玩耍，羅契斯特先生半躺在臥榻上看著他們。

「這是愛小姐，先生。」菲爾法斯太太輕聲道。

他點了一下頭，眼睛仍沒離開小孩和狗。「請愛小姐坐。」他說，語氣雖正式卻有點不耐，我心裡反倒覺得自在。

羅契斯特先生默默喝著茶，過了一會兒，他問起我的生活背景、家庭狀況及受教育的情形。在得知我於洛伍德學校待了八年後，他說：「妳的生命力一定很強，在那種地方待上一半的時間都足以要人命，難怪妳看起來好像來自另一個世界。我懷疑昨晚在乾草路上，是不是妳迷惑了我的馬。誰推薦妳到這裡來的？」

「我登廣告，然後菲爾法斯太太寫信給我。」

菲爾法斯太太插嘴道：「我感謝上帝的指引。愛小姐對我來說是個好伴侶，對亞黛拉則是個細心慈愛的老師。」

「妳不用費力描述她的個性，」羅契斯特回答她。「我自己會判斷。」

「妳進入洛伍德時幾歲？」

「十歲。」

「妳在那裡待了八年，那麼現在是十八歲了？」

我點頭。

「妳在洛伍德學了些什麼？妳會彈琴嗎？」

「一點點。」

「那是標準答案。現在請妳到圖書室去，打開鋼琴，彈奏一曲。」

我照他的指示彈奏後，他只覺得我的琴藝差強人意，回到客廳，羅契斯特先生說：「今早我看了妳幾幅畫，也許有其他老師幫妳畫？」

「完全沒有，真的！」我連忙澄清。

「啊，我傷了妳的自尊！好吧，將妳的畫夾拿來，別說得太滿，我看得出來是否抄襲。」

我去圖書室把畫夾拿過來，他仔細鑑賞每一幅畫，拿了三張放在一邊，其他的看完後就推開了。之後他詢問我作畫時的心境，以及作畫時是否開心。

「是的，我很開心。」

「聽起來有點含糊。我敢說，妳在作畫時，的確是浸淫在藝術家的某種幻想世界裡。妳當時都花很長的時間嗎？」

「暑假時沒什麼事做，因此我是從早畫到晚。」

「妳對妳努力的成果感到滿意嗎？」

「不，我的成果離我的想像還有極大的差距。」

「那是因爲妳缺乏藝術家的技巧和訓練，但就一個女學生而言，妳的畫十分奇特。把畫拿去吧。」

我還在收拾畫夾時，他看了一下錶。「已經九點了！妳是怎麼了，愛小姐？竟然讓亞黛拉還在這裡玩？帶她去睡覺吧。」

亞黛拉、菲爾法斯太太和我跟他彎腰行禮，然後走出了客廳。

送亞黛拉上床後，我跟菲爾法斯太太說，我覺得羅契斯特先生很善變。菲爾法斯太太表示，部分原因是他天性如此，另一部分原因是，他有許多痛苦的回憶，以致他的心靈比較不平靜。

「他的哥哥幾年前去世了，而他們兄弟倆之間有些誤會。老羅契斯特先生很愛錢，他不希望因分家而導致家業縮水，但又希望二兒子也有財富來維持家庭聲譽，因此，在艾德華先生成年後，老羅契斯特先生和大兒子羅蘭先生爲了替他掙得財富，連手讓他陷入一個痛苦的境況，對他的心靈造成很大的傷害。他很不諒解，並與家人決裂，之後就一直過著漂泊的生活。他哥哥逝世後，他繼承了所有家業，但他若回松菲園，從未住超過兩個星期以上，不過，也難怪他要避開這老地方。」

「他爲何要避開？」

「也許他覺得這屋子太陰鬱了。」

菲爾法斯太太的回答不清不楚，不知她是不願意還是不會描述，總之，她對羅契斯特先生所受的苦含糊其詞，只說她自己也並不瞭解。顯然，她並不想再繼續此話題，而我也懂事的不再追問。

＊

接下來幾天，我很少看到羅契斯特先生。他有許多訪客，而當他的腳復原到能出門時，他就出去拜訪朋友，然後很晚才回家。

某天，他叫僕人來請我與亞黛拉下樓。亞黛拉興奮不已，猜測「盒子」是否已經送達了，果真，一進客廳，就看到一個大盒子放在桌子上。

亞黛拉專注在一樣樣禮物上，不時發出驚嘆聲，然後沉浸在自己的喜悅中。羅契斯特先生坐在緞面的搖椅上，看起來有點不一樣，沒那麼嚴厲，也不陰鬱，唇上一抹微笑，兩眼發亮，我想他大概喝了酒。他盯著爐火看了大約兩分鐘，我也觀察了他兩分鐘。忽然，他轉過頭來。

「妳在觀察我，愛小姐？」他說：「妳覺得我英俊嗎？」

我應該含糊地回答，那樣比較有禮貌，但我竟脫口說：「不，先生。」

他站起來走到壁爐旁，手倚在大理石爐架上。我相信大部分的人都會覺得他不英俊，然而他的神態裡卻有一種驕傲、一種瀟灑，使得別人看著他時，會忽略他並不迷人的外表。

他說：「今晚，我決定好好認識妳，所以，請說話吧，隨妳高興說什麼。」

我坐著不發一語。

「妳啞了，愛小姐？」他稍微彎身，雙眼緊盯著我，好似要看進我的靈魂深處。「妳覺得困擾？愛小姐。我真的很希望妳能提供我一些有趣的想法。」

「我想不出要說什麼，因爲我並不知道你的興趣。」

「那麼，由於我的歲數足以當妳的父親，也曾走過大半個地球、征服過許多困境，妳同意我對人對事可以有點霸道嗎？」

「你高興就好，先生。」

「那不算回答，妳含糊其詞，說明白點。」

「我不認爲只因比我年長、比我有經驗，你就有權利命令我。你的優勢端賴於你對時間和經驗的運用。」

「丟開優勢不說，妳起碼同意妳偶而也可以接受我命令的語氣而不覺得受傷或委屈吧？」

我不禁微笑，他似乎忘了他一年付我三十鎊的薪水。

「先生，很少雇主會耽心領他們薪水的屬下是否會因爲接受命令而覺得受傷或委屈。」

「領薪水的屬下！噢，我忘了薪水這回事。那麼，因爲薪水，妳同意我偶而的專橫嗎？」

「不，若是這個因素，我無法同意。但若是因爲你關心屬下在職位上是否心情舒坦，我則同意。」

「假若省去禮數和客套話，妳會覺得那是傲慢無禮嗎？」

「我不會將不拘小節誤以爲是傲慢無禮，先生。我相信任何有自由意志的人都不願接受傲慢無禮，即使是爲了薪水。」

「胡說，大部分的人都會爲了薪水而接受，妳對人性根本毫無所知。不過，我的想法與妳一致。全英國的年輕女孩中沒有幾個會像妳這樣回答我，我不是在奉承，因爲妳若被丟在不同的環境中，妳的個性和看法也許就會不同。再者，妳可能也有許多缺點。」

當「你也一樣」的念頭閃過我腦海時，他剛好看我一眼，而他似乎讀出了我的心思。

「是的，妳完全正確。」他說：「我也有很多缺點，而我一點都不想掩飾。我在二十一歲那年就開始了放蕩的行徑，至今也尚未回歸正軌。但我原可以和妳一樣的善良、睿智，幾乎毫無汙點！我羨慕妳心靈的寧靜、妳無瑕的良知、妳未受汙染的回憶。」

「你十八歲時有什麼樣的回憶呢？先生。」

「澄澈，明淨，和妳沒兩樣。我浪蕩的富少生涯是環境所造成，並非天性。當命運淩虐我時，我沒有冷靜的智慧，於是我陷入絕望，然後墮落，眞希望當時能堅強以對，悔恨是生命的毒藥。」

「然而，懺悔是生命的救贖，先生。」

「懺悔不是救贖，改過自新才是。但像我這麼一個混亂、受詛咒的人，多想又有何用呢？生命既然不快樂，我就有權利享受生活，不管任何代價。」

「那你只會更墮落，先生。提醒你，你自己說過，悔恨是生命的毒藥。」

「一點都不！『享受生活』是全世界最美妙的訊息。妳並非我良知的守護神。」

「老實說，先生，我不懂你在說什麼，我無法繼續這樣的談話，我要帶亞黛拉去睡覺了。」我邊說邊站了起來。

「妳害怕我，因爲我像神話裡的怪物。」

「你講話像在打啞謎，先生。不過，我雖然感到困惑，但我並不害怕。」

「妳是在害怕，妳的自尊讓妳對混亂之事感到恐懼。」

「已經九點多了，先生。」

「沒關係，亞黛拉還沒心情睡覺。大約十分鐘前，她從盒子裡拿出了一件粉紅色小舞衣，一臉狂喜，現在想必正在換裝，等一下她就會進來，而我知道我會看到什麼——一個小小的席琳．華倫斯，當布幔拉起時，她總是會出現在……先別說這些，妳何不等一會兒，看看我的預言準不準。」

不久，亞黛拉奔了進來。她的裝扮果眞如她的監護人所預言的，短短的蓬蓬裙，頭上戴著玫瑰蓓蕾的花冠，腿上穿著粉色絲襪，腳上一雙白色緞鞋。她墊起腳尖，在羅契斯特先生面前轉了一圈又一圈。

「我也曾少不更事，愛小姐。但年少輕狂已成往事，留給我的只是這朵法國小花。心情不好時，我也曾想丟棄它，我已經不再珍視它。而且當我發現除了金粉外沒有什麼能灌溉它時，早已失去對它的歡喜，尤其當它看起來這麼做作時。如今，我是基於天主教贖罪的心理在撫育它。改天我再跟妳解釋這一切。晚安！」

*

幾天後，羅契斯特先生果眞向我解釋。那天黃昏，我和亞黛拉在草坪上踢毽子，他請我在看得見她的範圍內陪他散步。

他告訴我亞黛拉的媽媽，席琳．華倫斯，是個法國歌劇舞者。醜陋如他，卻自以爲是她的偶像，因爲她讓他相信，她喜歡運動健將型的男人更勝優雅如阿波羅的男子。

「愛小姐，她的奉承讓我將她安頓在一家大旅館裡，替她雇用僕人馬車，供她名貴的衣物首飾。一言以蔽之，我開始以火山孝子的蠢行來摧殘自己，所以我的下場也與那些愚蠢的前任沒兩樣。

「某個夜晚，我到旅館等待席琳回來，當我在陽台欣賞夜色時，我發現她乘著我買給她的馬車和一個男子一起回來。

「妳從未嫉妒過吧？愛與嫉妒的浪濤會撲來，將嫉妒震醒。」

他咬著牙齒，沉默下來，澎湃的怨恨攫住了他，使他一時無法說下去。他戛然而止時，我們正停在屋子的大門前，而他目光深沉地盯著整棟建築。那眼神我從未看過，充滿著痛苦、恥辱、憤怒、不耐與嫌惡。

他穩住情緒後，繼續說：「當時，我似乎聽到嫉妒之蛇『嘶』一聲鑽進我胸膛裡的聲音。我藏身於陽台上，想給他們來個突襲，不久，他們進來了，我認出那個穿著軍裝的年輕人是個愚蠢邪惡的子爵，是我不屑之人，當下我不再嫉妒，對席琳的熱愛消失得無影無蹤，只剩下鄙夷。

「他們開始說起話來，勢利無情、沒有意義的內容，讓人只感到厭煩。然後他們開始談論我，竭盡所能侮辱我。席琳說到我外表的缺點時，甚至還稱之為『畸形』。然而之前，她還稱之為我特有的『男性魅力』呢！」

這時，亞黛拉跑了過來。「先生，約翰剛剛說你的助理來了，有話跟你說。」

「那我必須長話短說了。我走進室內，跟席琳說明不再照顧她，只給她一筆錢去解決緊急狀況，之後完全不理會她的哀求。我也跟那個子爵約定決鬥的時間和地點，並在他蒼白軟弱的手臂上留下一顆子彈。

「我原以爲我不會再與那些人有任何瓜葛了，但六個月前，席琳跟一個歌手私奔到義大利去，然後把小亞黛拉丟給我。她堅稱亞黛拉是我的女兒，但她跟我一點也不像——派樂特都還比她更像我些！現在，妳知道她是個私生女，說不定哪一天，妳會請我另聘高明？」

「不，亞黛拉不需爲她母親的錯或你的錯負責。如今，知道她無父無母，我只會更照顧她。」

「我得進去了，妳也該進去了，天要黑了。」

進屋後，我讓亞黛拉在我膝上坐著，讓她盡情地講話撒嬌，她的臉的確和羅契斯特先生完全不像。

那晚我直到回房休息後，才有機會回想羅契斯特先生說的故事。他在講述時顯出的激動叫我震驚不解。我也仔細回味他對我的信賴，他對我不再時而冷漠、時而傲慢，相反的，偶遇時，他會帶著微笑，主動招呼。

他輕鬆的態度也讓我不再拘謹難安，在這樣愉快感激的氛圍裡，我不再那麼渴望親人的愛護，我生命中的那段空白彷彿被填滿了。

如今，我最喜歡看見的就是他的臉。當然，他的態度永遠傲慢、嚴厲，情緒也很陰鬱，然而，我相信這些都是起因於命運對他的殘酷。我深信他具有向善的天性，也具有比教育、背景，或境遇更能教給他的原則和品味。

半夢半醒之間，一聲模糊的呢喃讓我驚醒，當我坐起來傾聽時，聲音卻消失了。不久，我的房門似乎有人碰了一下，我詢問外面是何人，但沒有回應。

我忽然想起是不是派樂特，廚房的門沒關時，牠就會跑進來。想到這裡，我心下稍安。然而不一會兒，那個令人毛骨悚然的聲音又來了。

一縷惡魔般的笑聲似乎就湊在我房門的鎖孔上發出聲音，這時，那詭異的聲音又響了起來，我衝過去把門鎖緊，又叫了一聲，「外面到底是誰？」

我聽到咕嚕一聲呻吟，不久，有腳步聲往三樓走去。我無法一個人再待在房裡，想去找菲爾法斯太太。打開門後，走廊上似乎彌漫著一絲煙霧，接著，我聞到一股東西燃燒的味道，一股濃煙從羅契斯特先生的房門冒出來，我連忙衝進去叫醒羅契斯特先生。

他已經被煙薰昏了，火就要燒上他的床單，我只好拿起臉盆架旁的一盆水往床上潑，又衝回我的房裡，拿我的水罐來滅火。老天保佑，火終於被我澆滅了。渾身溼透的羅契斯特先生也被水罐摔破的聲音震醒，我跟他說明，他會渾身溼是因爲我在救火，然後便出去拿了蠟燭進來，再把之前聽到笑聲以及接下來發現失火的事扼要說了一下，他皺著眉頭聽著，臉上的神情耽心多過驚訝。

他聽完後，要我別驚動任何人，自己去了三樓一趟。過了好一會兒，他回來了，臉色凝重。半晌，他語氣古怪地問：「妳打開房門時，是否有看到什麼？」

「沒有，先生，只有地上那根蠟燭。」

「但妳有聽到怪異的笑聲？妳以前應該就聽過吧？」

「是的，先生。有個做女紅的僕人，叫做葛莉絲・普爾，那是她的笑聲。」

「沒錯，妳猜對了。我很高興今晚這件事只有我們兩個知道，我相信妳不是個多嘴的笨蛋。現在，趕緊回房去吧，已經快四點了。」

我跟他道別，準備回房，但他似乎很驚訝，叫出聲，「妳就這樣走了？」

「是你叫我走的，先生。」

「但總要道別一下，說一兩句祝福的話呀，妳才救了我，怎能像陌生人般呢，至少握個手吧。」

他伸出手，我也伸出了手，他先用一隻手握著，最後用兩隻手握著。他說：

「第一次看到妳時，我就覺得妳一定有助於我。晚安了，我的救命恩人。」

他的聲音裡有股奇特的能量，眼睛裡有一團奇特的火

「我很高興我沒睡著。」我說，然後轉身要走，但他仍緊握著我的手，沒有要放開的意思。

我想到了一個脫身的理由。「我好像聽到菲爾法斯太太的聲音，先生。」

「喔，去吧。」他放開手，我走出門去。

我躺回床上，但無法成眠。我好似一直在大海上漂著，一股歡喜的暗潮似乎就要捲起滔天巨浪。我渾身發熱，不能入睡，天一亮，就馬上起床了。

八

第二天，我聽到僕人不時發出的驚詫聲，「主人眞幸運沒被燒死。」「睡覺時點著蠟燭眞危險！」「老天保佑，他有想到水罐。」「他竟沒吵醒任何人！」等等。

下樓午餐時，我經過那房間，看到麗在擦玻璃，走進去想跟她打聲招呼時，又看到葛莉絲．普爾。她專注工作著，鎭靜、沉默的樣子跟平時沒兩樣，臉上沒有一絲謀殺犯可能有的驚惶或絕望。我盯著她看時，她抬起頭來，冷淡簡短地跟我道早安，然後低頭繼續手上的工作。

我無法理解她的無動於衷，故意問她發生了什麼事。她十分鎭定地的回答說是羅契斯特先生蠟燭沒吹熄就睡著，導致失火，所幸他自己又滅了火。

之後她進一步問我怎麼沒有到走廊看個究竟，又問我習不習慣鎖門。這讓我產生警覺，覺得她想知道我的習慣，我忍不住尖銳地回答：「以前我從不鎖門，但從今天開始，我睡覺前一定會仔細檢查門窗。」

「明智的做法，」她回答：「松菲園有價值不菲的磁器，僕人不多，主人又很少在家，因此，小心一點準沒錯。很多人認爲老天爺會保佑，但老天爺保佑的通常是謹慎的人。」

然後葛莉絲就將中餐端上樓去吃，我也去找菲爾法斯太太。我心裡納悶，爲何葛莉絲沒被逮捕或辭退。昨夜羅契斯特先生幾乎確認是她，他竟未控告她？眞是奇怪，一個有仇必報又傲慢的紳士，卻似乎奈何不了她。

葛莉絲若青春嬌美，我或許會猜想羅契斯特先生對她懷有情愫，但葛莉絲的婦人模樣讓我無法往那方面想。然而，我的心裡有個聲音說：「『妳』自己也不美，但羅契斯特先生卻似乎頗讚賞妳。別忘了他昨夜的話，他的神情、他的聲音！」我如何忘得了？他說話的樣子、眼神、語氣，全都清晰在眼前。

我期望著羅契斯特先生會來找我，但天色逐漸黑了，卻沒有人來。等到樓梯終於響起腳步聲，進來的卻是麗，她來告訴我說，菲爾法斯太太在她起居室裡等我喝茶，我很高興地下樓去了。

菲爾法斯太太看到我時說：「羅契斯特先生今天出門去了，看來天公頗作美。」

「出去了？羅契斯特先生去哪兒了？我不曉得他人不在。」

「喔，早餐後他就出發了，他到李斯莊的艾司頓先生家作客。我想他應該會待個一星期左右吧。何況，羅契斯特先生是社交寵兒，仕女們也都很喜歡他。」

「李斯莊有仕女嗎？」

「有艾司頓夫人和她的三個女兒，還有白蘭琪．印蘭與瑪麗．印蘭小姐。六七年前我看過白蘭琪小姐一次，當時她才十八歲，眞是個美女。那天大約有五十位賓客，白蘭琪小姐是當晚最出色的姑娘。」

「她長得如何？」

「她很高眺，肩頸的線條很優美，橄欖色的皮膚，晶瑩剔透，五官很高雅，眼睛又大又黑。一頭漆黑的髮絲，閃閃發光。」

「這個美麗又多才多藝的小姐結婚了嗎？」

「還沒。我猜她和她妹妹不會有什麼嫁妝，印蘭爵士的長子將來會繼承所有的家產。」

「難道沒有富裕的貴族或紳士愛上她嗎？比如說羅契斯特先生？」

「他是很有錢，但他們年紀差太多了。羅契斯特先生都快四十歲了，而她才二十五。」

「那有何關係？比他們更不相配的夫妻多的是。」

「的確，但我不認爲羅契斯特先生有那個念頭。」

這時亞黛拉進來了，只好轉談其他事。

喝完茶，我回到課室去，心裡檢視著一些自以爲是的幻想。「羅契斯特先生讚賞妳？妳對他而言頗重要？妳這個笨蛋，妳的愚蠢令我作嘔！妳竟然會以爲這個閱歷豐富的名門子弟會對一名涉世未深的雇傭有興趣？妳一直想著昨夜的情景嗎？盲目！看看妳自己的無知！」

隔天，我畫了兩幅畫像，一幅是我的自畫像，另一幅是根據菲爾法斯太太的描述，白蘭琪小姐的美麗樣貌，我下定決心用這兩幅畫像時時刻刻提醒著自己，任何頭腦清醒的男士都知道該選擇哪一位共度一生。

*

十天過去了，羅契斯特先生仍然沒有消息。我偶而有離開松菲園的念頭，想著要如何再登個廣告，找尋新的棲身之所。而羅契斯特先生出門後的第十四天，郵差才捎來他的訊息。

菲爾法斯太太說：「他再三天就回來了，而且還會帶著朋友。他下令要松菲園準備好，並要從喬治客棧找幾位廚師來幫忙。」

接下來的三天，屋子上下忙成一團。屋子內外都刷洗了一遍，所有的床單被套換新，地毯都清理過，樓梯也都打蠟上油，一切擺設、畫框也都擦得亮晶晶，整座宅邸煥然一新。

樓下響起紳士低沉的聲音、女士銀鈴般的笑聲、眾人上樓進入各自的房間、僕人關門開門問候的聲音，羅契斯特先生回來了。

第二天，他和客人們一早就出發到附近踏青，有的坐馬車，有的騎馬，而白蘭琪小姐是唯一的女騎士。菲爾法斯太太和我一起站在窗邊，我道：「妳說他們應該不會結婚，可是，羅契斯特先生很明顯喜歡她勝過其他小姐。」

「沒錯，他的確很欣賞她。」菲爾法斯太太接著說：「對了，我跟羅契斯特先生提起，亞黛拉很希望能跟小姐們認識，他要她晚上到客廳，並請妳陪著。」

「他邀請我只是出自禮貌，我想我不用去吧。」我回答。

「我也跟他說妳可能不習慣和陌生人相處，但他回道：『她若拒絕，妳就跟她說我很希望她出席，她若還是堅持，那我會親自上樓抓她下去！』」

「好吧，我會去。妳也會在嗎？」

「不，我還有別的事。」然後她好心指導我，「如果妳不想尷尬，可以比大家早進去，然後坐在角落，只要讓羅契斯特先生看到妳有來就行了，之後妳就可以悄悄溜掉。」

我一整天心都跳得好快，亞黛拉則高興得不得了，早早就打扮好等待著。晚餐後，我穿上鄧波小姐結婚時買的灰絲晚裝，戴上唯一的一支金別針，然後牽著亞黛拉下樓。

客廳裡燈火通明，但空無一人，因爲眾人都還在餐廳裡。我選了客廳一角的沙發坐下來，亞黛拉則坐在我旁邊的矮凳上。她想在頭上插一朵花瓶裡的鮮花，我便摘下一朵玫瑰，把它別在亞黛拉的腰帶上。

這時，小姐們一起走進來了，總共有八位。我起身向她們彎腰行禮，有一兩位對我頷首回禮，其他的則只是看我一眼。她們或坐或站，各自做著不同的事。

其中最引人注目的就是印蘭夫人和她的兩個女兒，白蘭琪和瑪麗。印蘭夫人大約五十歲，身材保持得不錯，頭髮也還很黑，她駐顏有術，然而她卻透露著不可一世的驕傲，眼神尖銳刻薄，讓我想起李德太太。白蘭琪和瑪麗兩人的身材都又直又高，瑪麗有點過瘦，但白蘭琪骨肉勻稱，簡直就像月神戴安娜。以外表而言，白蘭琪每一點都符合我所畫的肖像或菲爾法斯太太的描述，亭亭玉立，肩頸線條優雅，黑亮的雙眸等。但她的臉跟她媽媽一模一樣，同時也掛著傲慢的神情，只是她的傲慢較不陰沉。她一直在笑，而她的笑永遠帶著嘲諷。

亞黛拉從女士一進來後，便很莊重地跟她們彎腰行禮，那些女士馬上明白她是羅契斯特先生監護的孩子。她們帶著她坐到沙發上，亞黛拉開心不已，吱吱喳喳一邊用法文、一邊用破英文和她們講個不停。

之後男士們也從客廳那邊過來了，他們全都穿著黑色禮服，每一位都非常高大帥氣，很有紳士風度。

羅契斯特先生是最後一個進來的，我不自禁想起我們之前最後一次見面時的情景，那時，他握著我的手，看著我的臉，深深望進我的眼裡，我覺得與他多麼親近，而如今，我們之間距離又有多遙遠。我不敢奢望他會跟我講話，而他的確看也沒看我一眼，就直接走向小姐們。

我的雙眼忍不住望向他的臉，根據世俗的標準，我主人的臉一點都不俊美，但對我而言，那張臉卻充滿魅力。我並不想愛他，但一看到他，那愛苗卻不斷滋長。我必須隱藏我的感情，我們的身分懸殊，他不可能在乎我，我毫無希望。

男士們進來後，女士們像雲雀般活潑起來，三三兩兩地聚在一處談話，內容也變得愉快風趣了。但白蘭琪獨自站在桌旁，優雅地彎著身，在欣賞一本畫冊。她似乎在等待，但她不會等太久，她自己會選擇對象。

羅契斯特先生站在壁爐旁，也是獨自一人。白蘭琪走過去，在他對面坐下來，兩人開始談話，當話題圍繞在亞黛拉時，我既害怕又希望羅契斯特先生會轉過來看我一下，但他瞧也沒瞧我一眼。

幾個人開始聊著有關家教的事情，而後白蘭琪說：「我對家教只有一個結論，她們都很討人厭，所以不要再說了，換個話題吧。」然後她起身走向鋼琴，輕快地彈起來。

我想偷偷溜走，但一道聲音攫住了我。羅契斯特先生的嗓子渾厚有力，且充滿了感情和張力，不僅撩人心弦，甚至引起一股奇特的震撼。我忍不住傾聽，直到最後一個音節結束才悄悄從側門溜出去。穿過走廊時，羅契斯特先生竟然也出來了。

「妳都好嗎？」他問。

「我很好，先生。」

「妳變得有點蒼白，怎麼回事？」

「沒事，先生。」

「妳差點淹死我的那晚，有著涼嗎？」

「沒有，先生。」

「回客廳去吧，妳太早離開了。」

「我累了，先生。」

他看了我一分鐘。

「而且很沮喪。」他說：「爲什麼？告訴我。」

「沒事，先生，我不沮喪。」

「妳的眼淚就要掉下來了……我要是有時間一定要個弄清楚那些眼淚是爲何。好吧，今晚我不勉強妳，但只要客人還在松菲園，我要妳每晚都到客廳來。去吧，叫保姆下來帶亞黛拉去睡覺，晚安了，我的——」他停住了，咬著嘴唇，忽地轉身離去。

九

那一段時間，松菲園每日都有聚會，即使僕人休息的內堂也充滿笑語。客人們的活動天天不同，天晴時出外騎馬踏青，下雨時就在室內進行娛興節目。

一天晚上，眾人玩起「猜啞謎」的遊戲，在僕人們準備場地及道具的同時，羅契斯特先生便開始挑選他要的組員。

「白蘭琪小姐當然要跟我一隊。」他說，接著又選了幾位女士與他同隊，他問我要不要玩，我搖頭拒絕了。

高䠷迷人的白蘭琪小姐與羅契斯特先生兩人上演了一場結婚戲碼，另一隊男士們也猜中了答案。

「你演得眞好。」白蘭琪對羅契斯特先生說。

「謝了，愛妻——不要忘了我們剛剛才結婚，有在場眾人爲證。」

白蘭琪格格笑起來，兩頰泛起紅暈。

接下來另一隊表演了什麼，我已不記得，但每一場戲結束時，羅契斯特先生和白蘭琪兩人交頭接耳的樣子，卻歷歷在目。他們交換著曖昧的眼神，讓我如今回想起來，仍然感受深刻。

我已違背本意地愛上羅契斯特先生，即使他一點都不注意我，我也不能不愛他。他對白蘭琪小姐的追求，即使被動多過主動，他那自在、驕傲又不經心的格調，更讓我深深著迷。

但白蘭琪並不足以引起我的嫉妒——她差太遠了！因爲她華而不實、虛有其表又矯揉做作，而且缺乏同情心。有好幾次，我看到她推開亞黛拉，或用侮辱性的言詞嘲弄她。

羅契斯特先生常常不帶一絲感情地監看著他的愛人，很明顯地，他對她缺乏熱情，而那正是我痛苦的來源。不管他跟她結婚的理由爲何，他都不愛她，因爲她無法令他著迷。

白蘭琪若是個善良高貴的女人，那麼我可能會感到嫉妒和絕望，但即使心碎，我對她也只有仰慕和欣賞。然而，她只是不斷魅惑他，又不斷失敗，而她因驕傲和自滿，渾然不覺自己的失敗。

某天羅契斯特先生離開去處裡事情，屋內氣氛變得沒有生氣。快要晚餐時，靠在窗台的亞黛拉看到馬車，以爲羅契斯特先生回來而叫嚷起來，白蘭琪爲了確認靠在窗邊，坐在窗邊的我爲了讓她，只好往旁邊縮著，背脊都快折斷了。當她終於注意到我時，滿臉不屑地走到另一扇窗戶去。

結果來者不是羅契斯特先生，而是一位高大、外表時髦的陌生人。白蘭琪便抱怨亞黛拉亂說話，然後狠狠瞪我一眼，好像都是我的錯似的。

那位陌生人態度彬彬有禮，年紀和羅契斯特先差不多，臉色有點蒼黃，乍看之下還頗英俊，眼神卻空洞無神。晚餐後，我再度看到那位陌生人，只覺得他缺乏活力又急促不安，而且眼神飄移。

從他與紳士們的交談，我知道他叫做梅森，剛從炎熱的西印度群島回到英國，他跟羅契斯特先生是在西印度認識的。我知道羅契斯特先生旅行過許多地方，但我以爲就是歐洲各國，沒想到他竟會到如此遙遠的地方去。

這時，一名僕人進來通稟，有一名吉普賽老婦人要給夫人小姐們算命。艾司頓先生和印蘭夫人想把她趕走，但其他人都躍躍欲試，白蘭琪還說：「我想聽聽她怎麼算我的命，把那老太婆叫進來吧。」

但那老太婆卻堅持要待在一間房間，想要算命的人得一個一個進去找她，而且不算男士及已婚夫人的命，後來她被安頓在圖書室，而白蘭琪自告奮勇當第一個被算命的人。

十五分鐘後白蘭琪回來了。她的臉在笑嗎？她會把整件事當作笑話看待嗎？十幾雙眼睛好奇地看著她，而她以冷漠回看他們，僵硬地走回自己的座位。

「怎麼樣，白蘭琪？」印蘭爵士問。

「得了，你們這些人，幹嘛那麼好奇？她只不過看了我的手相，跟我說一些她們這種人會說的話。」

白蘭琪拿起一本書，往後靠在椅背上，不再作聲。我發現她書一頁也沒翻，臉色越來越沉重。顯然，她所聽到的與她原先預期的有極大差距。

這回在山姆辛苦奔走協調後，三位小姐一同進去了圖書室。這次圖書室不時傳來歇斯底里的格格笑聲和輕輕的尖叫聲。二十分鐘後，客廳門砰的一聲推開，三位小姐好像被嚇壞了般衝進來。

三人紛紛叫說：「她竟然跟我們講那樣的事，她什麼都知道！」三人都躺坐到椅子上，喘不過氣來似的。

眾人好奇要她們多說些，她們便說，那個巫婆知道她們小時候做過的事、別人送她們的禮物，還描述她們家裡的布置和書籍擺放的位置，甚至在她們耳裡低聲說出她們內心的渴望以及愛慕的對象。

這時山姆向我走來，並說：「小姐，那個吉普賽人說還有一位未婚的姑娘還沒去找她，她還說除非她看過所有的姑娘，否則決不離開。我想她指的應該是妳，妳要我怎麼回答她？」

「好吧，我去。」我也頗想滿足一下自己的好奇心，於是悄悄從側門走出去。

「妳若不介意的話，小姐，」山姆說：「我會在走廊等妳。她若嚇到妳，妳就喊一聲，我會馬上進來。」

「不用了，山姆。你回廚房去吧，我不怕。」

我倒覺得有趣，也有點興奮。

那名吉普賽婦人坐在爐火前，讀著一本小書。她穿著紅披風，戴著黑帽子，帽子還用一條長手巾在下巴打一個結。我進去時，她並沒馬上抬起頭來，似乎想先念完一段再說。

終於，她闔上書緩緩抬起頭來，她一半的臉被帽子遮住了，但我看見她的雙眼大膽地盯著我。「妳想知道妳的命運嗎？」她問。

「妳想說什麼就說什麼，我並不信這一套。」

「妳是個謹慎的人，從妳走進來的步伐就聽得出來。」

「是嗎?那妳的耳朵很利。」

「我不但耳朵利,眼睛、腦袋也很敏銳。看得出妳又冷又病,而且很蠢。妳冷,因爲妳孤單。妳病了,因爲最高貴、最甜蜜的感情離妳很遙遠。妳蠢,因爲妳不願意向等待著妳的感情招手。」

我說我聽不懂,她便要求看我的手,我伸出手,但她只是看著,然後說:「命運沒寫在手上,而是寫在臉上,請跪下,抬起頭來。」

她審視著我的臉。「妳和那些高貴的人坐在客廳時,心裡都在想什麼?」

「我常覺得累,有時覺得睏,但很少覺得悲傷。」

「妳希望聽聽有關妳未來的事,以便激勵自己嗎?」

「不,我只希望能夠存足錢,將來開一間學校。」

「除了學校,難道妳都沒想過別的?當一位才貌雙全、出身高貴的淑女對著妳心儀的紳士微笑——」

「我不認識那些紳士,他們要接受什麼樣的淑女給他們什麼樣的微笑,我一點感覺也沒有。」

「妳不認識那些紳士?包括這屋子的主人嗎?」

「他不在家。」

「沒錯，他到鎮上去了，可能半夜才會回來。所以他不在那些紳士的名單上嗎？」

「我不是那個意思，我只是看不出他跟妳所提的事有何關聯。」

「妳沒注意到在場有位淑女一直對著他笑嗎？」

「羅契斯特先生有權享受朋友對他的殷勤。」

「的確，但妳沒觀察到羅契斯特先生特別著迷於和那位小姐的互動？」

那吉普賽婦人的話越來越奇怪，她的語氣、聲音、態度讓我有如置身夢中。

「有人愛聽，就有人愛說。」

「有人愛聽。」她重覆我的話。

我沉默不語。

「妳看到愛，不是嗎？而且，妳看到他結婚了，也看到他的新娘很幸福快樂？」

「喔，那很難說，妳算命的技巧可能有些偏差。」

「那麼妳看到了什麼呢？」

「別說這些了，我是來詢問，不是來告白的，羅契斯特先生就要結婚了嗎？」

「是的，跟美麗的白蘭琪小姐。」

「很快？」

「看起來是。他一定很愛這位淑女，而她也許也愛他，至少愛他的錢。剛剛我跟她透露了一件與此相關的事，結果她容顏大變。我建議她另尋追求者，若有其他口袋更飽滿的人選出現，眼下這個就可以出局了——」

「我不是來替羅契斯特先生算命的，我要問的是我自己的命，而妳什麼都還沒說。」

「妳的命運尚在未定之數，但妳會有快樂的日子，命運之神已經把它放在妳身邊，就看妳如何掌握它。不過妳會不會如此做，也是我感興味的地方。跪到地毯上。」

我照她的話做了，她往後靠，盯著我看，然後開始喃喃低語，「火光在妳眼裡跳躍，眼波如露水般清澈，看起來溫柔又充滿感情。不笑時，妳的雙眼流露出寂寞和悲傷。妳的眼睛長得還不錯。至於妳的嘴，微笑時很迷人。它善於傳達妳的所思所想，但對於內心的感受卻不透露一語。那是一張很會說、也很會笑的嘴，而且對與之交談的人充滿感情。妳的嘴也長得不錯。

「唯一不那麼協調的是妳的眉毛。那雙眉毛似乎在向世人宣告——我能遺世獨立，如果自尊和情況要我這麼做的話，我毋需爲了幸福出賣我的靈魂。起來吧，愛小姐，妳可以走了。戲演完了！」

我是在作夢嗎？那老婦人的聲音忽然變了，她的語調和手勢都是我再熟悉不過的。我站起來看著她，又看了她伸出的手，那手厚實強壯，尾指上一隻大戒指我見過不下百次。然後她把手巾拿下、帽子摘掉，羅契斯特先生現出了原來的面貌。

「先生，這眞是個古怪的主意！」

「耍得很好，妳不覺得嗎？但妳並沒被我騙？」

「你面對我時並不像吉普賽人。」

「那我是什麼樣子？」

「我說不上來，總之，你胡言亂語，害我也胡說八道。」

「妳原諒我嗎？簡。」

「等我仔細想過再說，若沒太荒謬，我會試著原諒你。」

「妳既謹愼又聰明！」

我回想了一下，確實如此，我一開始就已設防，我看過吉普賽人，也看過算命仙，他們表達的方式並非老婦人那樣子，我也注意到她貼揑著嗓子說話，且刻意要遮住自己的長相。我曾懷疑是葛莉絲．普爾，從未想到竟是羅契斯特先生。

我想告退，但他要我留下來跟他說客人在做什麼。他牽起我的手要我坐到一張椅子上，但當我提到梅森的名字時，他的手忽然緊揑住我的手腕，嘴邊的微笑也凍住了，彷彿無法呼吸。臉色也越來越灰白，似乎不曉得自己在說什麼。

「你不舒服嗎？先生。」我問。

「簡，我彷彿挨了一記悶棍——」他顫躓了一下。

「讓我扶著你，先生。」

他坐下來，要我坐在他身旁。我的手握在他的雙手裡，他凝視著我，臉上盡是困擾和悲哀。

他說：「我眞希望置身在只有妳爲伴的孤島，讓所有的煩惱、危險及可怕的記憶都遠離我而去。」

「我能幫你嗎？先生。告訴我我應該怎麼做，我一定盡力而爲。」

「妳到餐廳拿一杯酒來，客人會在那裡吃宵夜。告訴我梅森是不是和客人在一起，還有他在做什麼。」

我到餐廳去，客人果然正在吃宵夜，大家都很開心，聊得非常起勁。梅森和登特將軍談著話，也是興高采烈的樣子。我倒了一杯酒，然後回到圖書室。

羅契斯特先生已恢復原來的堅韌和強悍，他接過酒杯，一飲而盡，問：「他們在做什麼，簡？」

「談談笑笑，先生。」

「他們看起來像不像聽說了什麼詭異的事情？」

「完全沒有，全都很開心的樣子。」

「梅森呢？」

「他也在笑。」

「假若那些人一起走進來，對著我吐口水，妳會怎麼做呢？簡。」

「可以的話，我會把他們都趕出去，先生。」

他苦笑。「如果是我走向他們，而他們卻只是冷淡地看著我，並戲謔地交頭接耳，然後一個一個走開呢？妳會跟著他們離去嗎？簡。」

「應該不會，先生，我寧願留下來。」

「安慰我？」

「是的，先生，盡我所能地安慰你。」

「如果他們不准妳靠近我呢？」

「我不在乎他們准不准。」

「那麼妳願意爲我而受眾人責難？」

「我願爲値得的朋友受責難，先生。我相信你是個値得的朋友。」

「妳去梅森的耳邊低聲說：羅契斯特先生回來了，請他來圖書室。」

「是的，先生。」

我照他的話做了，把梅森先生帶到圖書室後，我就直接回到樓上。午夜時，我在床上聽到客人各自回房的聲音，也清楚地聽到羅契斯特先生說：「這邊，梅森。這是你的房間。」

他的聲音很愉快，我聽了覺得安心，很快就入睡了。

請填妥後對折裝訂，直接投郵即可，免貼郵票。

廣告回函
台灣中區郵政管理局
登記證第267號
免貼郵票

晨星出版有限公司

407 台中市工業區30路1號

TEL：（04）23595820

e-mail：service@morningstar.com.tw

請對摺裝訂後寄出

姓　名：＿＿＿＿＿＿＿＿＿＿＿＿＿＿＿＿

e-mail：＿＿＿＿＿＿＿＿＿＿＿＿＿＿＿＿

地　址：□□□ ＿＿＿＿ 縣／市＿＿＿＿ 鄉／鎮／市／區 ＿＿＿＿ 路／街

＿＿＿＿ 段＿＿＿ 巷＿＿＿ 弄＿＿＿ 號＿＿＿ 樓／室

電　話：＿＿＿＿＿＿＿＿＿＿＿＿＿＿＿＿

我要收到蘋果文庫最新消息　□要　□不要

我要成為晨星出版官網會員　□要　□不要

我是 □女生 □男生 生日：

購買書名：

請寫下您對此書的心得與感想：

□我同意小編分享我的心得與感想至晨星出版蘋果文庫討論區。
（本社承諾絕不會將您的個人資料外流或非法利用。）

貓戰士鐵製鉛筆盒抽獎活動

請將書條摺口的蘋果文庫點數黏貼於此，集滿3顆蘋果後寄回，就有機會獲得晨星出版獨家設計「貓戰士鐵製鉛筆盒」乙個！

點數黏貼處

活動詳情 http://www.morningstar.com.tw

十

我忘了拉上窗簾，因此讓清朗的月光照醒了我。我張開眼，望著那一輪明月，銀白清潤的月色很美，只是有點肅穆。我半起身，伸手要去拉窗簾。

突然，一聲淒厲尖銳的慘叫聲劃破夜晚的寧靜，迴盪在整個松菲園。我的脈搏和心跳停止了，我伸出的手也麻木了。那聲音來自三樓，接著，我聽到有人在掙扎，然後是呼叫聲：「救命啊！羅契斯特！快來！」

某個房門打開了，有人奔過走廊，不久一個腳步聲衝進我頭上的房間，接著砰一聲有東西摔到地上，然後一切歸於平靜。

我雖然四肢發軟，卻仍顫抖著手披上衣服，走出室外。其他的房門也都開了，貴客們全都驚慌失措地擠在走廊上，亂成一團。

羅契斯特先生拿著蠟燭從三樓下來。白蘭琪小姐奔過去，抓住他的手臂，詢問發生了什麼事。羅契斯特先生解釋說，一名僕人做了惡夢，那名僕人天性緊張又容易激動，大概以爲見到鬼了。他請所有人都回房睡，好讓那僕人安定下來。

我早已悄悄回到自己房間，但我沒躺回去睡，相反的，我穿好衣服等著。我覺得一定有後續，因爲羅契斯特先生剛剛的解釋，明顯只是捏造出來安撫客人。

大約一小時後，我準備躺回床上去。就在我彎身脫鞋時，有人在我門上輕輕叩了幾下，是羅契斯特先生。我跟著他到三樓，看他用鑰匙打開了一扇門，進門前，他問我怕不怕看到血，我回答他應該不怕。

房間裡掛著大幅的圍幔，其中一部分已經拉了起來，露出一扇隱匿的門，門是開著的，我聽到裡面好似有狗兒在互咬或示威時的咆哮聲。羅契斯特先生要我等他，然後走進內室。

迎接他的是一陣詭異的笑聲，慢慢的變成葛莉絲·普爾的笑聲。半晌後，羅契斯特先生走出來，把門鎖上。

我跟著他走向一張大床，因爲簾帳遮住了，我沒注意到床的另一邊還有一張搖椅，一名男子坐在上面，靜止不動地靠著，雙眼緊閉。羅契斯特先生把蠟燭舉高，我認出那是梅森先生，他整隻右手幾乎都是血。

我幫忙拿著蠟燭，羅契斯特先生則浸溼海綿，把梅森的臉擦乾淨，然後把嗅鹽放在他鼻孔下。梅森張開眼，開始呻吟，羅契斯特先生解開他的襯衫，他的肩膀和手臂都已經包紮了，但血仍然不斷滲出來。

「我有生命危險嗎?」梅森喃喃地問。

「只不過是擦傷而已,我現在去找醫生,凌晨前,你就可以離開了。簡,我得把妳留在這裡照顧這位先生,我大概要一兩個小時才會回來,他若流血,妳就用海綿幫他吸一下,他若覺得暈眩,妳就給他聞嗅鹽。無論如何,不要跟他說話。理查,你不要講話,你若又激動起來,後果我可不負責。」

梅森又呻吟了一下,羅契斯特先生出去前又說:「記得不要跟他說話。」

聽到鎖門的聲音,我有一種奇異的感受,我身在三樓某個被鎖起來的房間裡,眼下一隻血淋淋的手,而一門之隔就是那個行凶的女人。一想到葛莉絲·普爾隨時可能奔出來撲在我身上,我就覺得顫慄。

然而,我必須堅守崗位,雖然我腦子裡轉動著許多念頭——這莊園裡掩藏著什麼樣的罪行,爲何連它的主人都無法驅除或壓制?梅森先生又爲什麼會牽扯進來?他這時不是應該在床上睡覺嗎?是什麼讓他跑到樓上這個禁地?

還有,梅森似乎很聽從羅契斯特先生的話,既然如此,爲何羅契斯特先生在聽到梅森的名字時,竟有如青天霹靂,沮喪到幾乎無法自制的地步?

蠟燭燒完,熄了。羅契斯特先生打開門走進來,後面跟著外科醫生。

「俐落點,卡特!」他跟醫生說:「你必須在半小時內把病人包紮好,然後把他送出去。」

「他可以移動嗎？先生。」

「沒問題！他的傷口並不嚴重，只是精神很緊繃。快，幹活兒吧！」

羅契斯特先生把窗簾、百葉窗都拉開，盡量讓天光進來。天色已經頗亮了，天邊漂染著彩色的雲霞。他走向梅森，說：「好傢伙，你覺得怎麼樣？」

「她對我做的事，好可怕。」梅森微弱地答。

「勇敢點，你只是流了一點血而已。告訴他，卡特，他沒有生命危險。」

「這一點我可以保證。」卡特說：「眞希望我早一點到，那麼你就可以少流點血了。哦，這怎麼回事？這傷口不是刀傷，上面有齒痕。」

「她咬我。」他喃喃道：「羅契斯特把刀子搶下時，她像隻母老虎般張口就咬。」

「你應該立即與她搏鬥。」羅契斯特先生說。

「在那情況下，我能怎樣呢？」梅森回答，顫抖地加了一句。「眞沒料到，她一開始看起來好文靜。」

「我警告過你，靠近她時要提防。」羅契斯特先生說：「再者，你大可等到明天，到時我會陪著你。你非要今晚會面，而且還單獨一人，眞是愚笨。」

「我以爲我可做些什麼。」

「你不聽我的話，只好承受這些痛苦。卡特，快點，我得趕快把他送走。」

「她吸我的血，她說要吸乾我的血！」梅森說。

我看到羅契斯特先生的臉扭曲了一下，滿是厭惡、恐怖、怨恨的神色，但他只說：「別說了，理查，別在乎她的胡說八道！」

「我眞希望能忘記。」梅森說。

「一離開英國，你就會忘記了。等你回到西印度群島，想起她時，就當她死了，或者連想都不要想。」

「這不可能！」

「怎麼不可能？好了，簡，」他進來後第一次轉向我說：「拿著這鑰匙，到我房裡去，然後到穿衣間拿一件乾淨的襯衫和領帶來。」

我下樓去，很快地拿了東西上來，接著照羅契斯特先生的吩咐，去梅森先生的房間拿他的大衣，然後又去羅契斯特先生的房間拿了興奮劑。

羅契斯特先生讓梅森先生喝了興奮劑，然後扶起他的手臂，要我幫忙探路，看有沒有其他的人在。

這時已經五點半了，此時除了幾隻早起鳥兒的啁啾聲外，一切悄無聲息。梅森由羅契斯特先生和卡特攙扶著，步履還算穩健。他們扶他上車，卡特也跟著進入車裡。

離去前，梅森說：「好好照顧她，盡量溫柔地對待她，讓她——」他頓住了，雙眼湧出淚水來。

「我會盡力。」羅契斯特先生關上車門。「但願老天保佑事情有結束的一天。」關上院子大門時，他加了一句。

我準備走進屋時，羅契斯特先生喊住我，說：「在外面多待一會兒吧！」

他走入果園中一條小徑，此時太陽升上來，枝葉上的露珠在朝陽下閃閃發光，他摘下一朵初綻的玫瑰，遞給我，問：「我留妳照顧梅森先生時，妳害怕嗎？」

「我怕有人會從裡面那房間裡跑出來。」

「但我把門鎖上了，我若隨便就把我的小綿羊放到狼窩附近去，那我豈不成了一個粗心的牧羊人？妳當時很安全。」

「昨夜你所經歷的危險已經解除了嗎？先生。」

「除非梅森離開英國。」

「但梅森先生似乎很聽你的話，他應該不會傷害你。」

「沒錯，但他只要一句無心的話，就可能在一瞬間把我給毀了。」

「你一定要叫他小心，先生，告訴他如何避開那危險。」

他冷笑一聲，很快牽起我的手，又很快將它甩開。「傻瓜，我若做得到，那還有何危險可言？妳看起來似乎很疑惑，那我乾脆就讓妳糊塗到底吧。」

「先生，而只要是對的事，我也很樂意服從你。」

「沒錯，我看得出來。但我若要妳做妳認爲『不對的事』，妳會拒絕我。妳對我也有宰制力，也可能會傷害我，所以，我不敢告訴妳我的脆弱，免得妳做出令我大吃一驚之事。」

「你若不怕梅森先生，也就毋需怕我，先生。」

「上帝保佑，但願如此！坐下吧，我要告訴妳一個故事，請妳想像自己是一個從小就被慣壞的男孩，身在遙遠的國度，並且犯下了一個可怕的錯誤，而那個錯誤會追隨你一輩子，讓你無助和絕望。你採取各種方式以求解脫，爲此你到處流浪，想在放逐中追求平靜，在聲色犬馬的歡愉中尋求解放。

「當心累了、靈魂乾枯了，結束多年的漂泊回家，你認識了一個人，並在這人的身上發現你多年來一直尋找卻從未遇見的那種善良、明朗，跟她在一起，你彷彿重生般，希望展開生命的新頁。爲達此目的，你認爲忽略世俗的障礙——」

他停下來，然後繼續他的問題。「爲了擁有這位溫柔優雅的陌生人，以求得重生和心靈的平安，妳認爲他對世俗價值的挑戰是合理的嗎？」

我回答：「他應該向上帝尋求力量，而不是依賴另外一個人。」

「可是上帝要提供方法！我自己就曾是浪蕩不羈的人，而我相信我已經在她身上尋獲痊癒的媒介——」

他停下來，我抬頭望著戛然而止的他，他的雙眼也正熱切地盯著我，語氣忽地轉爲嘲諷，「妳已注意到我對白蘭琪小姐的好感，我若跟她結婚，難道妳不覺得她會爲我帶來重生嗎？」

他忽然站起來走到小徑的盡頭，再走回來時，嘴裡輕輕哼著歌。

「簡，」他說：「一夜沒睡，妳的臉好蒼白！妳怪我干擾妳的美夢嗎？」

「怪你？不，先生。」

「那握個手吧，妳的手好冷。昨晚在那神祕的房門外，妳的手是暖和的。簡，妳何時會再和我一起這樣徹夜未眠呢？」

「任何你需要我的時候，先生。」

「比如說結婚的前一晚，我一定無法入睡，到時妳願意整晚陪著我嗎？我可以跟妳傾訴我對白蘭琪的愛。」

「我願意，先生。」

「她眞是萬裡挑一的美人，是不是？簡。」

「是的，先生。」

*

那天傍晚，一位男士帶來約翰．李德的死訊，以及李德太太病危的消息。李德太太在病榻上念著我的名字，希望我隔天一早就出發。

羅契斯特先生很驚訝我要去一百哩外的地方，也很驚訝我還有親人，而且逝去的李德舅舅曾是蓋茲海德園的郡長。

他怕我身無分文地上路，給了我五十鎊，我拒絕拿那麼多。他先是皺著眉，然後忽然想到什麼似地說：「也對，有了五十鎊，說不定妳一待三個月，給妳十鎊就好，夠多了吧？」

「是的，先生。」

我看著他，思索了半晌後說：「羅契斯特先生，我想在我走前跟你提一件重要的事情。你之前提過，你很快就要結婚了，我想你最好把亞黛拉送到學校去。」

「免得她在我的新娘前面礙手礙腳？說得有理，亞黛拉必須送到學校去。妳呢？妳要何去何從？」

「我會再找個工作。」

「當然。」他大叫一聲，臉上扭曲的表情既奇特又荒誕。他看了我幾分鐘，「眞希望剛剛只給妳一鎊，還我九鎊來，我有別的用途。」

我不願意還他錢，他只好說：「妳明天出發？」

「是的，先生，一大早。」

「晚餐後，妳會到客廳來嗎？」

「不了，先生。我得整理行李。」

「那我們必須現在說再見了？」

「是的，先生。」

「這樣聽起來有點無情，比如說握手——不，這樣對我而言仍然不夠。除了『再見』，妳不會做別的事嗎？」

「這樣就夠了，先生，一句誠懇的話勝過千言萬語。」

「不錯，可是聽起來好冷淡。」

我納悶他想在那裡站多久，因爲我得趕快去整理行李了。這時晚餐鈴響起，他一言不發掉頭走了。

十一

貝西看到我十分高興，一如以往熱誠地接待我，因爲李德太太在睡覺，貝西要我先休息一下再去看她。我看貝西忙進忙出張羅茶點，幼時的回憶湧上心頭，她仍然和多年前一樣，率眞、俐落、漂亮。

貝西讓我先去早餐室，我走進去，裡面的擺設跟我離去時沒兩樣，但人事卻已全非。我看到兩位小姐，伊莉莎和喬琪安娜都站起來歡迎我，稱我爲「愛小姐」。伊莉莎的招呼很簡短冷淡，臉上也無笑容。喬琪安娜則在「妳好」外，客套地問候我路上的辛苦，從她高傲的神情，我知道她對我平凡簡約的穿著很藐視。一會兒後，貝西帶著我去見李德太太。

不用貝西帶領，我也知道去那房間的路。輕輕推門進去，我憶起從前有多少次被叫到這屋裡接受責罰，跪在地上哭求原諒。但我曾有的憎恨和厭惡，早已被某種憐憫取代。看李德太太受著苦，我強烈地渴望能夠忘卻並原諒一切曾有的傷害。

著我。

她的臉一如以往，嚴厲無情，眼神殘酷。但我彎下腰，親吻她的臉頰，她看

「是簡愛嗎？」她問。

「是的，李德舅媽，妳好嗎？」

我曾發誓這輩子絕不會再叫她舅媽，但我想此時此刻打破那誓言應該無妨。我去握她的手，但她抽開手，別過臉去，嘴裡喃喃著說晚上有點熱。

然後她又轉過頭來，冷冷地打量我。我立即體會到，她對我的看法並未改變，也不可能改變。她到死都要認爲我壞，因爲承認我好並不能帶給她任何快樂，只有屈辱。

像兒時般，眼淚浮上我的雙眼，但我努力往肚裡呑。這次我決定屈服她，搬了一張椅子，坐在她床頭。

「妳派人找我來，」我說：「我來了。」

「我要妳住一段時間，有些事我得跟妳說明白。今天太晚了，我不大記得起來，但我想先跟妳說件事，是什麼呢？」

她努力思索卻一副茫然的神情，更顯得她如今已是風中殘燭了。她不安地動著。「妳是簡愛嗎？」

「我是簡愛。」

「沒人相信那孩子曾帶給我多大的麻煩和困擾！」

「李德太太。妳爲何那麼討厭她？」

「我討厭她媽媽，我丈夫很疼愛這個小妹，她過世時，他甚至哭得像個笨蛋。他非把孩子接回來不可，第一眼看到那個孩子就覺得憎恨！病殃殃的，日夜哭個不停，他卻整天抱在懷裡疼著，比自己的孩子還疼。他就是那麼軟弱，我很高興約翰一點都不像他父親，他像我和我娘家的兄弟。我眞希望他不要再寫信跟我要錢了，我收入的三分之二都拿去繳貸款利息了。約翰賭得好厲害，而且每賭必輸，他變得好墮落，我眞覺得丟臉！」

李德太太有點激動，於是我們決定讓她休息。接下來的十天，我都沒有機會再跟她說話，因爲她不是意識不清，就是昏睡著。

一天，我畫起一張臉來，完成時，我微笑看著那神似某人的臉龐，那張畫被伊莉莎和喬琪安娜姊妹倆發現了，她們對我的技巧頗感驚訝，我提議幫她們畫像，於是兩人輪流坐下來，讓我畫了人像素描。我還說要爲喬琪安娜畫一張水彩肖像，這個承諾讓她對我另眼相看，不用幾天，她已經把我當知己、將所有心事都對我傾訴了。

伊莉莎仍然寡言，我沒看過比她更忙碌的人，早餐後她把一天的時間分成四等分，每個等分都有計畫好要完成的事，規律的日子使她的生活顯得很充實。一天傍晚，她告訴我說，約翰所造成的麻煩讓她深感痛苦，等她母親過世後，她會找個與世隔絕的地方，過不需受瑣事煩心的日子。

某天黃昏，外面下著雨。我決定上樓看看李德太太的狀況。進入房間時，我發現竟然一個照料的僕人也沒有。我把壁爐的火挑旺了，把床單拉一拉，然後坐到窗台去。躺在床上的那個人讓我想起海倫博恩絲。就在我出神時，一個微弱的聲音在我背後響起，「是誰？」

我知道李德太太已經好幾天沒開口說話了，是迴光返照嗎？我走過去，跟她說：「是我，李德舅媽。」

「妳是誰？」她看著我，似乎有點驚訝。「我不認得妳，貝西呢？」

「她在門房那邊，舅媽。」

她說：「誰在叫我舅媽？啊！妳看起來像簡愛。」

我不發一語，怕她知道我是誰又激動起來。

半晌她又說起話來。「我病得不輕，我最好在死前，放下內心的重擔。我這輩子做了兩件對不起妳的事，如今懊悔不已。其中一件是沒有遵守對丈夫的承諾，盡責地扶養妳。另外一件——」她頓了一下，「說出來也許好過些，我還是告訴妳吧。妳到衣櫃那邊去，打開抽屜，裡面有一封信，妳看一下。」

那封信不是很長，內容是這樣的：

夫人：

請您賜知我姪女簡愛的住址以及她的現況。我希望能寫信給她，接她來馬地拉與我團聚。上帝保佑，讓我在此累積了不少財富，由於我未婚且無子嗣，我希望能收養簡愛，並在我身後將所有財產過繼給她。敬祝安康。

喬恩．愛寄自馬地拉

寄信日期是三年前。

「為什麼我從未聽說此事？」我問。

「因為我太討厭妳了，不想讓妳有機會過好日子。我忘不了妳對我說過的那些狠話。」

我對她說：「李德太太，把那些話忘了吧。原諒我粗暴的語言，我當時不過是個孩子，那都是八九年前的往事了。」

但她似乎沒聽到我的話，喘了一口氣後，又繼續說：「我忘不了，所以我要報復。於是我寫信告訴他，簡愛在洛伍德死於傷寒。現在，妳可以向人揭發我的謊言。我想，妳生來就是要來折磨我的，若不是妳，我不會做出這樣的事，讓我的良心在臨終受到這般折磨——」

「不要再想這些了，舅媽。」

我將臉頰貼近她的嘴唇，但她不碰我。我將手蓋在她冰涼汗溼的手上，她把手抽開了，她的眼睛甚至不願看著我。

「愛我也好，恨我也罷，」最後我說：「我完全原諒妳，剩下的是妳跟上帝之間的事，願祂給妳安息！」

可憐的女人，活著的時候，她恨我，臨死之時，她仍非恨我不可，那晚十二點，她去世了。

十二

羅契斯特先生只給我一星期的假，但我在蓋茲海德園待了一個月。葬禮後，喬琪安娜求我留下來陪她，直到她的吉布森舅媽帶她到倫敦去。接著伊莉莎要求我再多留一星期，替她照顧家裡、接待訪客以及回覆致哀的信件。

回松菲園的路漫長又疲憊，我不知道我能在那裡住多久。我有收到菲爾法斯太太的來信，她告訴我說賓客已經回家了，而羅契斯特先生到倫敦去了，可能是去安排結婚事宜，因爲他有提到要添購一輛新馬車。

我歸心似箭，在經過一大叢荊棘時，看到羅契斯特先生就坐在牆墩上，手裡拿著書和筆，正在寫東西。我忽然手腳發軟，發不出聲音，一動也不能動。我想趕快躲起來，別讓自己看起來像個傻瓜，我知道另一條進屋裡的路，不過知道二十條也沒用，因爲他已經看到我了。

他大叫，放下手中的書和筆。「妳回來了，請過來！」

我努力控制臉上抽搐的肌肉，希望不要露出不恰當的神情，所幸帽子上的面紗是放下的，稍微幫我遮掩。

「簡愛嗎？妳從鎮上走回來？妳就是這樣，不願讓人派車去接妳，像一團夢或鬼影子般悄悄溜回來，這一個月妳都幹什麼去了？」

「我在舅媽家，先生，她死了。」

「標準的簡式回答。她來自另一個世界嗎？我真想走過去，摸摸她到底是人還是鬼，妳這個逃跑的小精靈！」他頓了一下。「竟然離開我整整一個月，而且，我敢說，妳已經把我給忘得差不多了！」

羅契斯特先生就是有那麼多令人快樂的能量，他似乎很在意我是否忘了他，而且說得彷彿松菲園是我的家一樣——眞希望它是。

「妳一定要看看我的新馬車，然後告訴我那適不適合羅契斯特太太。她坐在那紫色的靠墊上，像不像高貴的皇后？眞希望我的外表能跟她匹配。簡，妳可有魔咒或藥水，能把我變得英俊些？」

「那是連魔咒都辦不到的事，先生。」我說，但我心想，「情人眼裡出西施，依我看來，你已經夠英俊了。何況，你有一股外表也無法比擬的魅力。」

羅契斯特先生常常能看透我的心思，但他對我說的話沒有反應，只是微笑看著我。

「從這裡過去，簡。」他說，往旁退了一些，以便我越過牆墩。「回家去吧，好好休息。」

一股衝動讓我忍不住說：「謝謝你對我這麼好，羅契斯特先生。我很開心能回到你身邊來，不管你在何處，那就是我的家——我唯一的家。」

說完，我很快地走開了。亞黛拉看見我時，高興的幾乎要瘋了，菲爾法斯太太一如往常的友善，其他人也都笑著跟我打招呼。

晚餐後，我、菲爾法斯太太和亞黛拉共處，羅契斯特先生忽然走了進來，看我們一團和諧的樣子，他顯然很開心。我忍不住偷偷地希望，希望他在結婚後仍能照顧我們，讓我們一起住在某個不要離他太遠的地方。

兩個星期安靜地過去了，主人的婚事一點動靜也沒有，主人也不曾去探訪白蘭琪小姐。難道婚禮已經取消了？或者整件事根本只是謠傳？我常常觀察主人的臉色，想找出一絲絲的悲傷或憤懣，但他總是一臉清朗愉快的神情。他比以前更常叫我到樓下去，也比以前對我更好，而我也覺得從未如此地愛著他。

*

某個美麗的仲夏日，亞黛拉上床睡覺後，我就走到花園去散步。在走道上漫步時聞到一絲熟悉的雪茄香，再看到圖書室的窗戶開著一條縫，就知道裡面有人在看我，於是悄悄走進果園去。果園裡有一條曲折的小徑，在那裡散步不怕被看到，伊甸園都沒那麼隱蔽。

正當我陶醉時，又聞到羅契斯特先生的雪茄味，四周並沒有人影或走近的腳步聲，但那味道越來越濃，所以我往灌木叢走過去，剛好看到羅契斯特先生從入口那邊走進來。

我正想悄悄溜走時，聽到他輕聲說：「簡，過來看看這傢伙！」

我嚇了一跳，但仍走到他身邊去。

「妳看牠的翅膀，」他說：「這樣大的蛾在英國很罕見，讓我想起一種西印度的昆蟲。哦，飛走了！」

大蛾飛走了，我也靜靜地退開，但羅契斯特先生跟著我，走到灌木叢時，他開口說：「在這麼美麗的夜晚枯坐室內不是很可惜嗎？」

言詞向來犀利的我，舌頭竟然打結了。羅契斯特先生的神情看起來如此平靜嚴肅，我不禁爲自己的意亂情迷感到羞愧。

「簡，」他開口說：「夏天的松菲園是不是很迷人？」

「是的，先生。」

「妳是個擁有美感又很戀舊的人，妳對這屋子一定多少產生了依戀吧？而且對亞黛拉那小傻瓜和單純的菲爾法斯太太也很關愛，跟她們分離一定會讓妳很難過吧？」

我問：「我得離開松菲園了嗎？」

「是的，簡，我很抱歉，但妳眞的得離開了。」

我的胸口彷彿受到重擊，但我沒讓自己倒下去。「你要結婚了，先生？」

「沒錯，妳總是那麼敏銳，一猜就中！我已經從我未來的岳母那裡獲知一個我認爲應該很適合妳的地方，那就是去愛爾蘭當家庭教師。我想妳會喜歡愛爾蘭吧？聽說那裡的人都很熱情。」

「那裡好遠啊，先生。離英國、離松菲園都好遠，還有——」

「還有哪理？」

「還有你，先生。」我的眼淚已湧出來，但我不想啜泣出聲。「那裡好遠。」我又說。

「的確很遠，而且妳到愛爾蘭後，我應該就不會再看到妳了。既然如此，在這分別的前夕，我們應該好好地聊一聊。來，坐下。」

他牽我坐在木椅上，自己也坐下。

「愛爾蘭離這裡很遠，我很抱歉把我的小朋友送到那麼遙遠的地方去。妳是不是覺得好像跟我很親？簡。」

我說不出一句話來。

「因爲，」他說：「有時我對妳也有一種奇特的感覺，尤其當妳靠我這麼近時，就好似我左邊肋骨下有一條無形的繩子，將我緊緊地與妳相連。當妳到兩百哩遠的另一塊土地去時，那條繩子恐怕就要崩斷了。到時，我內在的某個部分可能就會開始流血，而妳，妳只會把我給忘了！」

「我不可能忘了你，先生，你知道的──」我說不下去了。

「簡，妳有聽到夜鶯在唱歌嗎？」

我一邊聽著，一邊大聲啜泣起來，整個人因悲傷而顫抖著。當我終於能開口說話時，我只是任性地說，我但願我從未出生、也從未來到松菲園。

「因爲妳很難過必須離開松菲園？」

「我愛松菲園，我在這裡沒受到糟蹋、欺侮，我認識了你，羅契斯特先生，而一想到必須永遠與你分離，我感到恐懼和痛苦。」

「妳爲何覺得非走不可呢？」他忽然問。

「因爲白蘭琪小姐，一個高貴美麗的女子，你的新娘！」

「我的新娘，什麼新娘？我沒有新娘！」

「但你就要有了。」

「是的，就要有了。」他咬緊牙齒。

「所以我非走不可。」

「不，妳非留下來不可！」

「我非走不可。」我很激動地反駁他。「你以為我可以卑微地留下來？你以為我是沒有感情的機器？難道你以為我沒有靈魂？你錯了，我的靈魂跟你的靈魂一樣巨大。上帝若賜予我美麗和財富，我一定會讓你離不開我，就像我離不開你一樣。」

他將我攏在懷裡，緊靠著他的胸膛，然後將他的唇緊貼著我的唇。

「先生。」我說：「你是一個已婚男人，而你的對象是個你並不眞心相愛的女人，我鄙視你，讓我走！」

「走去哪裡？愛爾蘭？」

「是的，愛爾蘭。我已說出內心話了，到哪裡都行。」

「簡，冷靜點，別這樣絕望地掙扎，像隻瘋狂的小鳥似的。」

「我不是小鳥，也沒有籠子關著我，我是個自由且獨立自主的人！」

我終於掙脫他，挺立在他面前。

他說：「我將我的心，我的人，還有我財產的一半獻給妳。我要妳一輩子陪在我身邊，當我的另一半，我在人世的最佳伴侶。」

「你已經選擇了你的伴侶。」

「簡，妳冷靜一下。」

萬籟俱寂中，只有夜鶯的清啼，我又啜泣起來。羅契斯特先生安靜地坐著，溫柔又嚴肅地看著我。好一會兒，他終於說：「過來我身邊，簡。讓我們好好說一說話，瞭解彼此。」

「我絕不會再回到你身邊，我不能再回去。」

「但是，簡，我想要結婚的人只有妳。」

我不置一語，覺得他是在嘲弄我。

他起身，一大步踏過來。「我的新娘在這裡，」他說，再度把我拉向他，「簡，妳願意嫁給我嗎？」

我仍然沒回答，仍然試圖掙脫他，因爲我根本不信他的話。

「妳懷疑我嗎？在妳眼裡，我是個會說謊的人？」他激動地問：「妳這個疑神疑鬼的小東西，我和白蘭琪小姐之間毫無愛情，我散布謠言說，我的財富不到外人所以爲的三分之一，結果她和她母親就對我變得很冷淡，所以我不可能和白蘭琪小姐結婚。而妳，我愛妳有如愛我自己的生命，我懇請妳接受我成爲妳的丈夫！」

我開始有點半信半疑。「我？我這個一無所有的人？」

「簡，我非擁有妳不可，妳願意嗎？說妳願意，快！」

「羅契斯特先生，讓我看著你的臉，請轉向月光，我要仔細看你的神情，請轉頭。」

他的臉看起來很不安，而且紅了，但眼裡閃著奇異的光芒。

「噢，簡，妳在折磨我。」他癡狂地說：「簡，接受我，說，艾德華，我願意嫁給你！」

「你眞的愛我嗎？你眞的要我當你的妻子？」

「眞的，我可以發誓！」

「那麼，先生，我願意嫁給你。」

他把臉頰緊貼著我的臉頰，低沉的嗓音在我耳邊說：「讓我快樂，我也要讓妳快樂！」

「上帝寬恕我！」他加了一句。「但願無人干擾，我要擁有她，我要把握

她！我會照顧她、守護她、珍惜她！至於世俗的判斷，我不看在眼裡，而世人的批評，我只有唾棄。」

此時烏雲忽然遮住了月亮，天空一聲霹靂，烏雲中閃出一道雷光，大雨隨即傾盆而下。

等我們奔進屋子時，全身都溼了，我們忙著脫下外套、擦掉髮上的水珠時，菲爾法斯太太剛好從她的房間走出來，但我們一時都沒注意到。

「趕快上樓去換衣服。」羅契斯特先生說：「晚安，我的小寶貝。」

他不停地親吻我，離開他時，我看到菲爾法斯太太蒼白地站在樓梯口，神色震驚。我只對她微微一笑，就奔上樓去，想要改天再跟她解釋，怕老太太誤解了方才所看到的那一幕。

十三

前一晚彷彿一場夢，直到我遇見羅契斯特先生、聽到他重覆愛的誓言，我才確定一切都是眞的。

「簡，妳今天看起來眞漂亮，像朵盛開的花。」他說：「這是我蒼白的小精靈嗎？這是我的小芥末子嗎？」

「是簡愛，先生。」

「很快就是簡．羅契斯特夫人了！」他說：「再四個星期，一天都不許多，妳聽到了嗎？」

我覺得有點暈眩，那感覺比喜悅還強烈，甚至有點恐懼。

「妳的臉一下紅一下白的，怎麼了？簡。」

「這聽起來不對，世界上沒有人可以享有這般極致的快樂，像做夢一般。」

「我會讓美夢成眞。我已經寫信給我在倫敦的銀行了，要他們在一兩天內就將我家傳的珠寶送過來，我要親自爲妳戴上鑽石項鍊和頭飾，還有手鍊、戒指——」

「不，不要說這些，我只是個平凡、嚴肅的家庭教師。」

「在我眼裡，妳是我心目中最渴望的那種美女——細緻、輕盈。」

「你的意思是渺小、微不足道。你是在作夢還是在嘲弄我？先生。」

「我也會讓全世界的人都認知妳的美麗，我會讓我的簡穿上華袍美服，髮上插著玫瑰花，而我最欣賞的那顆腦袋罩著最昂貴的面紗。」

「那你就認不得我了，先生。我太愛你了，所以不願奉承你，請你也不要奉承我。」

但他沒注意到我的沮喪，只顧說著我不想聽的話。

我笑了起來。「我不是天使，你不應該在我身上有超凡的期待，就如同我在你身上也沒有那樣的期待。」

「那妳對我有何期待？」

「你會繼續像現在這樣，然後你會變得冷淡，接著你會跟以前一樣嚴厲、善變，然後我得忙著取悅你，不過等你習慣我後，也許你又會開始喜歡我。我猜你的愛大概會維持六個月左右，希望對你而言我不會變得太討人厭。」

「討人厭？又開始喜歡妳？我覺得我會一直不斷地喜歡妳，直到妳承認我眞心、熱烈地愛著妳。當我發現一個女人只會以美麗的臉孔取悅我時，我絕不會善待她。但面對一個擁有清朗的性格，堅忍不拔的心智，我會永遠眞誠。」

「你有愛過這樣的人嗎？」

「我正愛著她。」

「那請你不要把珠寶拿回來，不要在我頭上插玫瑰花。」

「我懂了，我答應妳的要求，暫時如此。還有嗎？」

「嗯，可否請你滿足我的一個好奇？」

「說吧，簡，我寧願妳要求我一半的財產，也不要問我從前的祕密。」

「你爲什麼故意讓我誤以爲你要和白蘭琪小姐結婚？」

他鬆了一口氣，低頭微笑看著我，一邊撫著我的頭髮。「我假裝追求白蘭琪小姐，因爲我想讓妳瘋狂地愛上我，就像我已經瘋狂地愛上妳那般，而我知道『嫉妒』是我的最佳幫手。」

「好計策，但你沒想過白蘭琪小姐的感受嗎？」

「她只會感到驕傲，妳當時嫉妒嗎？」

「先別管我當時怎麼想，先生，請告知菲爾法斯太太你的想法。昨晚，她在走廊上看見我們兩個時，似乎很震驚，我不希望她對我有所誤解。」

「我要妳陪我到鎮上去，等妳去準備時，我會把事情告訴老太太。」

我很快就換好衣服，下樓時，菲爾法斯太太看到我，滿是困窘，她說：「剛剛羅契斯特先生進來告訴我說，你們再一個月就要結婚了。」

「他也是這麼跟我說的。」我回答。

「眞想不到，羅契斯特家族的人都很驕傲，而且他父親很愛錢，大家也都認爲他在那方面很小心，他要跟妳結婚？」

「是的。」

「我無法想像，你們身分地位差這麼多，年紀也差快二十歲，他幾乎可以當妳父親了。」

我有些惱怒，大聲說：「他一點也不像是我父親，不管外貌還是內在，羅契斯特先生都像個只有二十五歲的年輕人。」

老太太解釋她只是希望我不會受到傷害。

在鎮上的那幾個小時令我有點難受，羅契斯特先生想買許多華服珠寶給我，然而他買給我的東西越多，我就越覺得不安和墮落。回馬車後，我忽然想起李德太太給我看的那封信，喬恩叔叔要領養我，讓我成爲他繼承人的事。啊！我若能擁有一些財產就好了，我無法忍受被羅契斯特先生打扮得像個寵物。回松菲園後，我會馬上寫信給喬恩叔叔，並告知他我就要結婚的事，還有對象是誰。

一路上，我不想與羅契斯特先生的眼神交會，他一直要來握我的手，我瞄到他略帶得意的笑容，於是把它甩回去。

我說：「你別想把我變成土耳其後宮妻妾那種女人，你若喜歡那種女人，何不去買幾個。」

「那我在人肉市場大買特買之時，妳會做什麼呢？簡。」

「我會到處去對受奴役的女人宣揚自由的眞諦，並策動叛變，然後，你會在一瞬間落入眾女子之手，而我們絕不會放你自由，除非你簽下平等合約。」

「那我要如何做妳才滿意呢？」

「我只希望能活得自在，先生。你忘記席琳華倫絲了嗎？我不願當你在英國的席琳華倫絲。我會繼續當亞黛拉的老師，賺取我一年三十英鎊的薪水，而你只要給我你的關心。我若也給你關心，在這一點上我便不欠你。」

「說到謹愼和驕傲，實在沒人能跟妳比。」他說。

*

結婚的前夕，我整晚都坐立難安。羅契斯特先生不在家，他到三十哩外的某處農莊去了。因爲昨晚發生了一件詭異的事，讓我熱切地等著他回來，要把經過的一切告訴他。

我走到果園去散步，想起昨夜發生的怪事，我決定到往鎮上的小路上去迎接他。我走得很快，約莫半哩後，我聽到馬蹄飛奔的聲音——是他！

他把我拉上馬，深深吻我一下，然後問我發生什麼事，我決定等一下再告訴他。到家後，他要我陪他吃宵夜，我卻吃不下任何東西，只覺得一切都顯得好不眞實。

「快十二點了。」我說。

「是的，他說：明天舉行完婚禮後，半個小時內我們就離開松菲園。」

「好的，先生。」

「妳回答『好的』的時候，臉上的笑容很不尋常，妳是不是不舒服？怎麼了？告訴我妳心裡的感受。」

「我沒辦法，沒有言語能夠形容我現在心裡的感受，我只希望此時此刻永遠不要結束，誰曉得接下來會發生什麼事呢！」

「妳只是太興奮了。」

我抬頭望著他因熱切而發紅的臉。

「相信我，」他說：「把妳的心事告訴我。妳到底在害怕什麼？怕我不會是個好丈夫嗎？還是害怕妳即將要面對的新生活嗎？」

「不，先生。昨天一整天，我都很開心，想到就要與你共同生活，我覺得好快樂。但夜晚我做了一個夢，先生。我夢見松菲園變成了一個廢墟，景象荒涼，我在它四周遊蕩著，懷裡抱著一個小孩，然後，我看見你走在一條小徑上，越走越遠，就要轉過一個彎了，我奔上去，想看你最後一眼，忽然，一堵牆倒了下來，壓在我和小孩的身上。這時，我驚醒過來。

「醒來後，看到一個影子拿著蠟燭在觀看婚紗。我覺得全身冰冷，因爲我看到一個從未在松菲園見過的身影。那是個高大的女人，又黑又厚的頭髮披在背上，穿著一件直直長長的白袍。」

「妳有看到她的臉嗎？」

「一開始沒有，後來我從鏡子裡看到她的臉。我從未看過那樣的一張臉，腫脹、沒有血色，而且神情粗暴，她的嘴唇又黑又腫，濃密的眉毛高聳在布滿紅絲的雙眼上，有如吸血鬼！」

「她有對妳怎樣嗎？」

「她把頭紗拿下來，撕成兩半，然後把它丟在地上，再用腳去踩，然後走到窗邊，掀開窗簾往外瞧了一下，再往門口走去。經過我身旁時，她停下來，把蠟燭靠近我的臉，然後把它吹熄了，接著我就昏過去了，這是我這輩子第二次因為極度的恐懼而暈厥。」

「妳醒來時，誰在妳身邊？」

「沒人。我沒有受傷或不舒服，因此當下決定，除了你之外，我不會告訴任何人這件事。先生，你說這個女人是誰？」

「當然是妳胡思亂想後的產物。我得更小心妳才行，小寶貝。妳這樣的腦袋，我可不能隨便對付。」

「相信我，先生，我看到的景象實實在在。」

「那之前的夢呢？也都是真的嗎？松菲園變成一片廢墟，而我沒有任何反應，就離妳而去？」

「還沒而已。」

「難道我會這麼做？我們再過幾個小時就要永遠結合在一起了，之後，我跟妳保證，類似的精神恐懼絕不會再發生。」

「既然連你都無法解釋我昨晚看到的人影是誰，我倒希望那眞的只是精神恐懼。」

「既然連我都無法解釋，簡，妳所看到的一定不是眞實的。」

「但是，先生，我醒來後，看到那被撕成兩半的頭紗！」

我覺得羅契斯特先生似乎顫慄了一下，他趕緊用雙手抱緊我。「感謝上帝！還好受到傷害的只是那頭紗！」

他把我抱得那麼緊，我幾乎無法呼吸。半晌，他開心地繼續道：「我想昨晚是葛莉絲·普爾進入了妳的房間，妳因爲恐懼，把她幻想成可怕的形狀。頭紗撕成兩半的事不足爲奇，她本來就是會做那種事的人。記得嗎？妳也曾看過她是如何對付我和梅森的。我想妳一定會問我，爲什麼會讓這樣的人住在我屋裡？等我們結婚滿一年後，我會告訴妳，但現在不行。這樣的解釋妳滿意嗎？簡。」

我想了一下，的確，那似乎是唯一的解釋。我並不滿意，但爲了讓他開心，我微笑了一下，跟他道晚安。

「妳今晚到育兒室跟亞黛拉睡吧，我不放心妳自己一個人。記得把門鎖上。明天妳要在八點前梳好妝、並用完早餐。不要再胡思亂想了，親愛的。」他掀起窗簾往外看。「妳瞧，風停了，雨也歇了，天色很好。」

明亮的月光照進來，灑在地毯上。羅契斯特先生轉過來，凝視著我。「簡，今晚妳不准再作別離或感傷的夢，只要想著幸福快樂的愛。」

十四

華貴的頭紗被撕破了，我只好用自己準備的樸素頭紗。羅契斯特先生很著急，一直催促我，當我們都準備就緒，他拉著我快步往教堂走去。路上，我幾乎是小跑了，但仍跟不上他的腳步，快到教堂門口時我忍不住抗議，他便溫柔地扶著我，慢慢走上教堂門口的小徑。沒有伴郎伴娘或親戚朋友爲我們祝福，只有我和羅契斯特先生。

婚禮的儀式馬上開始，牧師解釋完婚姻的目的及其神聖的意義後說：「你們兩人若有不能與對方結合的理由，請現在說出來，因爲只有在上帝認同的律法裡結合，才算是正式的結合。」

他依照習俗頓了一下，就在他說：「你願意娶這位女子爲妻嗎？」之後，忽然有一個聲音說：「這個婚禮不能繼續，他們不能結合。」

羅契斯特先生連頭也不回，要求婚禮繼續，但牧師卻想查清楚那個人說的話是眞是假。在牧師的詢問下，說話的那人走到前面來，說：「羅契斯特先生已經結過婚，而且他的妻子尚在人世。」

他的聲音不大，但聽在我耳裡卻有如晴天霹靂。我看著羅契斯特先生，他的臉沒有血色，線條僵硬，但他沒有否認，只緊攬我的腰，把我拉向他，冷冷地問那人是誰。

那人說他叫布里格斯，是個律師，並拿出一張紙道：「本人可以證明英國松菲園的艾德華．羅契斯特先生與本人的妹妹玻莎．梅森曾於牙買加西班牙城結婚。結婚證明可在當地的教堂查得，本人亦擁有此證明之備份。聲明者：理查．梅森。」

「你的文件也許能證明我結過婚，但並不能證明文件中所提的女人仍在世。」

「我有證人。梅森先生，請出來吧。」

羅契斯特先生一聽到這個名字，咬緊了牙齒，我感到他震顫了一下，彷彿全身竄過一陣絕望的抽搐。

梅森從後面走上前來，羅契斯特先生轉過去瞪著他，漆黑的眼珠閃著一撮火焰，橄欖色的臉也漲紅了。梅森看他兇悍的樣子，嚇得躲到律師背後。

牧師轉身溫和地問梅森，「你知道這位先生的妻子是否尚在人間嗎？」

「她住在松菲園。」梅森說：「我四月時看過她，我是她哥哥。」

牧師不可置信地叫出來，「不可能，先生。我在此地很久了，而我從未聽說過松菲園有羅契斯特夫人！」

我看到羅契斯特先生的唇邊露出一絲慘淡的微笑，他的內心在交戰，十分鐘後，他彷彿下了決心般道：「紙包不住火，伍德先生，脫下你的聖袍吧，今天不舉行婚禮了。」

牧師照他的話做了，羅契斯特繼續道：「我的確計畫當個重婚者，只是人算不如天算。這律師以及他的委託人所說的話都是眞的，我結過婚，而且與我結婚的那個女人還活著。伍德先生，你一定聽說過，松菲園有一個瘋子，那個女人就是我十五年前結婚的妻子——玻莎．梅森。

「她是個瘋子，來自一個連續三代生出白痴和瘋子的家族，我婚後才知道這件事，而婚前整個家族將我蒙在鼓裡。我現在邀請你們到松菲園去探訪她，到時再請你們判斷我是否有權利打破這個婚約。這個女孩，」他看著我說：「跟伍德一樣，對這個祕密毫無所知。她以爲一切都是美好合法的，從未想過會遭到陷害。來吧，跟我來！」

進入前廳時，菲爾法斯太太、亞黛拉和蘇菲等僕人走上前來歡迎我們，要向我們道賀，但主人大聲拒絕了。終於我們來到三樓，羅契斯特先生拿出鑰匙來，打開一扇門。

「你認得這個房間，梅森。」他說：「她就是在這裡咬你、刺傷你的。」

他拉起牆上的簾幔，露出另一道門，再用鑰匙把門打開，裡面是一個沒有窗戶的房間，壁爐裡燒著火，一盞燈從天花板垂下來。葛莉絲．普爾彎著腰正在火上煮食，房間的更深處，一個身影不停爬來爬去。它四肢著地，嘴裡發出低吼聲，身上穿著衣服，一頭又厚又黑的髮則像馬鬃般覆蓋著頭臉。

「早安，普爾太太。」羅契斯特先生說：「妳看護的病人今天情況如何？」

「還不錯，先生，謝謝你。」葛莉絲把鍋子放到一個架子上。「到處亂咬，但沒有太壞。」

那隻獸尖叫一聲，似乎要反駁她的謊言。

「先生，她看見你了，你還是趕快走吧。」

「我只停留一會兒，葛莉絲。」

「你最好小心點，先生。」

那瘋子低吼著，把臉上的頭髮撥開，眼露凶光看向我們。我認得那張紫色的臉及其腫脹的五官，普爾太太往前走一步。

「別擋住我。」羅契斯特先生把她推向一邊。「她手上沒有刀吧？」

「誰曉得她手上有什麼，先生，她很狡猾，你弄不懂她會搞什麼把戲。」

「我們離開吧。」梅森低聲說。

「見鬼！」羅契斯特先生回答。

「小心！」葛莉絲大叫。那瘋子倏地跳到羅契斯特先生身上咬他的臉，兩人搏鬥起來。那女人跟羅契斯特先生差不多高，但比他壯碩，而且力大無窮，好幾次，羅契斯特先生差點就被她箍住喉嚨。他不願打她，只是用摔跤的技巧制伏她。終於，他把她的手拽到後面去，然後用葛莉絲遞給他的繩子把她綁起來，那女人同時不斷尖叫衝撞著。

羅契斯特先生轉過來看著我們，嘴角的笑既悲傷又淒涼。「這就是我的終身伴侶，但我想要的是這位，」他把手放在我的肩頭，「這位站在地獄門口，看著惡魔時還能如此鎮定的女孩。你們先看看這其中的差別，然後再審判我。」

我們離開那個房間時，羅契斯特先生留下，對葛莉絲．普爾交代一些事情。下樓時，律師對我說：「愛小姐，這次事件中妳無可責怪之處，妳叔叔知道了一定很高興。」

「我叔叔？你認識他嗎？」

「梅森先生認識他。愛先生接到妳的信時，梅森先生剛好在他家做客，於是愛先生跟他透露妳要與一位羅契斯特先生結婚的消息。妳可以想見當妳叔叔知道一切後，他有多難過。愛先生臥病在床，無法前來阻止妳的婚事，因此敦請梅森先生處理。我原本想建議妳與梅森先生一起回西班牙城，但愛先生康復的希望很渺茫，我不確定到時他是否仍然活著，因此妳還是留在英國等待進一步的消息再說。」

然後他和梅森先生匆匆從側門走出去，牧師訓示幾句話後也離開了。

我回到房間，把門鎖上，反常鎮靜地把身上的婚紗脫掉，換上平時穿的衣服。我坐下來，渾身虛脫。

我在房裡坐著，並未受傷，也沒受到戕害，一切似乎如常。我頭腦昏沉沉的，四周彷彿游移著一大片黑暗。我覺得四肢乏力，眞希望能夠一死了之。我似乎陷在一片汪洋裡，腳踩不到地，最後整個人被大水淹沒了。

*

午後，我醒過來，窗外的太陽已經西斜，內心裡有個聲音要我馬上離開松菲園，這令我無法忍受。我最大的悲哀絕不是無法成爲艾德華·羅契斯特的妻子，我也能克制轉眼成空的驚恐，然而我卻無法決然且立即地離開他。

站起來時，我一陣暈眩，想起一整天滴水未進，我內心忽然感到一股奇怪的痛。又想到我在房裡關了那麼久，竟然都沒有人來探問，不禁覺得倒楣時連朋友也不記得自己了。我走出去時，撞上一個東西，禁不住跌倒了，但一隻強壯的手臂伸過來接住了我，是羅契斯特先生，他就坐在我門外一張椅子上。

「妳終於出來了。」他說：「我在外面一直等著，但妳悄無聲息，我都想破門而入了。妳在躲我嗎？我以爲妳會有激烈的反應，會嚎啕大哭，妳卻連一滴淚也沒有，但妳眼神憔悴、臉色蒼白，我知道妳一定是心裡在淌血。怎麼了，簡？妳爲何只是疲憊地看著我？我從來都未想過要這樣傷害妳，妳能原諒我嗎？」

他眼裡充滿悔恨，語氣充滿憐惜，證明他對我的愛沒有變，所以我當下完全原諒了他，但我沒說出口，只讓它留在我內心深處。

我告訴他我又累又渴，他懊惱地將我抱到圖書室去，讓我喝一口酒，然後吃一點東西。我看著他，心裡一陣悸動，我不想離開他，我離不開他！

他要我再多喝一口酒，我照他的話做了，然後他把杯子放回桌上，凝視著我，又忽然走開，在我面前來回踱步，不久又走回來，彎下腰要吻我，我把頭轉開。

「怎麼了？」他叫道。

「先生，亞黛拉必須請一位新老師。」

「亞黛拉會住到寄宿學校去，我已經都安排好了，我們也不會住在這裡，我會將松菲園關閉，給普爾太太一年兩百鎊，讓她與我的『妻子』住在這裡，她的兒子也可以來這裡陪她，在那瘋子發作時幫她一把。」

我打斷他，「先生，你對那可憐的女人太冷酷了，她並不願意發瘋啊！」

「簡，我恨她並不是因爲她是個瘋子，要是妳瘋了，妳難道以爲我會恨妳嗎？」

「當然會，先生。」

「那妳就錯了！妳對我所能夠奉獻的愛毫無所知。妳身上的每一吋血肉對我而言就如同我自己一樣可貴，就算哪天妳心神俱毀，我仍會一樣珍惜。即使妳認不得我了，我也會親自守著妳，而不是隨便找個看護——但我幹嘛說這些呢？我要說的是我會帶妳遠離松菲園，到一個安全的地方，遠離這些令人厭煩的干擾和不實的流言毀謗。」

「你最好帶著亞黛拉一起去，先生。」我又打斷他。「她可以跟你作伴。」

「什麼意思？我幹嘛要一個不是我自己的小孩作伴？」

「你所說的是一個孤獨的隱居生活，先生，而孤獨的隱居生活對你而言太枯燥了。」

「孤獨，孤獨！」他不耐煩地重覆。「妳得來分享我的孤獨，妳懂嗎？」我搖頭，那需要極大的勇氣，因為他走來走去，越走越快，情緒也越來越激動。忽然，他煞住腳，眼睛緊盯著我。

「妳知道嗎？妳若不肯，我就會訴諸暴力。」

他聲音沙啞，神情顛狂，我若顯出一絲厭惡或恐懼，他恐怕就要失控了。但我一點也不怕，我抓住他握得緊緊的拳頭，把他擰曲的手指一根根扳開來，很溫柔地對他說：「你坐下，我會陪你說話，多久都行。」

截至目前，我一直努力克制著眼淚，因為我知道他不喜歡看到我哭，但現在，我想我應該痛快哭一下，盡情宣洩我的淚水。果然，沒多久他就求我不要再哭了，我說他若要那麼激動，我根本無法克制自己。

「我並沒有生氣，簡，我只是太愛妳了。看妳的神情那麼堅決冰冷，我實在受不了。噓，不要哭了。」

他柔和的聲音告訴我，他已經屈服了，我也同樣鎮靜下來。然後，他想把頭靠在我肩膀上，我不許，他試著要拉我靠在他的胸膛，我也不願。

「簡，簡！」他聲音裡有著尖銳的悲傷，我每根神經不禁都揪緊了。「妳不愛我了嗎？妳覺得我不配當妳的丈夫了嗎？」

他的話刺痛我的心，我說：「我很愛你，比任何時候都愛，但我不能再耽溺於這個感情，這是我最後一次表達我對你的愛。」

「最後一次！難道妳能跟我同住一個屋簷下，每日與我見面，心裡愛著我，卻又能保持距離嗎？」

「不，先生，我做不到。因此，我必須離開你。」

「妳要離開多久？」

「永遠。」

「妳會跟我結婚，妳會成爲名副其實的羅契斯特夫人。只要妳我還活著，我就只有妳一個妻。我在法國南部擁有一片產業，我們會到那裡去，在那裡，妳會幸福快樂，不要害怕變成我的情婦。妳爲何一直搖頭呢？簡，妳要理性聽我說，不然，我又要發狂了！」

他的鼻翼張闔著，眼睛射出火花。但我是還勇敢地說出應該說的話。「先生，你的妻子還活著。我若跟你共同生活，我就會變成你的情婦。」

他的臉色灰敗，嘴唇失去了血色。讓他陷入如此的焦灼和不安，我的心都碎了。

他忽然叫說：「我從未跟妳解釋過，只要告訴妳一切，妳一定會同意我的看法。」他握住我的手。「簡，容我告訴妳這件事情的眞相，妳願意聽我說嗎？」

「是的，先生，你愛講多久都行。」

「我只需幾分鐘，簡。我曾經有一個哥哥，而我父親是個很貪心的人，所以他決定由我哥哥繼承羅契斯特家的所有。然而，他也不願他的次子變成窮光蛋，於是他就想讓我跟有錢人家的小姐結婚。

「我父親與老梅森先生相識甚久，他得知富有的梅森準備給女兒玻莎的嫁妝有三萬英鎊之多，因此我大學一畢業，他就將我送到西班牙城去與玻莎．梅森認識。因爲我傲人的家世，她的家族也很希望促成這樁婚事，她自己更是積極。在她的誘惑下，我們便糊里糊塗地結了婚。我唾棄我自己，因爲我從來沒愛過她或尊敬她，我甚至不認識她！然而我竟娶了她，我眞是個下流的大混球！

「別人告訴我她母親已不在人世，但我後來得知，她只是瘋了，被關在療養院裡。她還有一個弟弟是白痴。她的哥哥，妳看過的，將來恐怕也是同樣的下場。這一切我父親和哥哥都知道，但爲了三萬英鎊，他們竟然連手欺騙我。

「然而，我不曾爲此責難我的妻子，只是把所有的悔恨和厭惡都往肚裡吞。我與那女人共同生活了四年，她的瘋病急速惡化，到最後只有訴諸暴力方能制伏她，但我實在不願對她使用暴力。

「我哥和我父親相繼離世後，我是夠富有了，但我的生命卻因為與一個粗鄙的女人連結在一起而貧乏。簡，妳看起來很不舒服，要不要改天再跟妳說？」

「不，先生，請把故事說完。我覺得你真的好可憐！」

「可憐兩字若是從別人嘴裡說出來，我會覺得是侮辱，但妳的可憐讓我覺得充滿愛。」

「繼續說吧，先生。當妳發現她瘋了時，你怎麼處理？」

「我當時瀕臨絕望。我知道，只要她活著，我就不可能找個更好的對象來當我的妻子，何況，她身體很健壯，她很可能活得跟我一樣久。是故，當時年僅二十六歲的我，前途一片黑暗，我決心以自己的方式抽離。

「醫生宣布她瘋了後，我們就把她隔離了，一天晚上，我被她的咆哮聲驚醒，突然想要尋求解脫，便想用手槍自殺，但這個自毀的念頭只是一閃而過。那時，我下定決心。那是來自智慧女神的啓發，她說：『你可以把那個瘋子帶回英國，把她關在松菲園裡，請專人細心照料她，然後自己去流浪。你們不是夫妻，只要她受到良好照顧，你在上帝的面前也就盡了責任。之後，就把所有醜陋的回憶都埋葬了吧！』

「我立即採取了行動。由於我父親和哥哥對外隱瞞了我結婚的事，於是，我悄悄把她帶回英國來。然後，我變成了一個行屍走肉的人，跑遍了歐洲，決心找個我願意愛的女人來做我的妻子。」

「但你不能再結婚啊，先生。」

「我說服自己，我能夠再結婚。我從不想欺騙任何人，我也從未懷疑，一定會有個女人能夠理解我的負擔並接受我。」

「後來你有找到那樣的女人嗎？」

「我在歐洲流浪了十年，我血統顯貴，又很有錢，到哪裡都很受歡迎。我企圖找到知音，但總是落空。我害怕寂寞，於是陸續找了三個情婦，她們都很漂亮，但漂亮算什麼呢？簡，妳看起來很不以為然，妳覺得我是個無情無義的惡棍，是嗎？」

「沒錯，先生。難道你不覺得換過一個又一個的情婦是很不對的事嗎？你說得好像理所當然似的。」

「那是一種低劣的生活模式，我很不願回想那段日子。」

我覺得他講得很對，但同時覺得，我若成為那些女人的接班人，哪天他想起我時恐怕也是同樣的感覺吧。

「簡，我知道妳對我仍不以爲然。」

「別再說過去的事了，先生。」

「沒錯，」他回答：「耽溺於往事又有何用呢？我們應該把握的是現在。我有幸遇見了妳，妳是我的共鳴、我的天使！所以決心娶妳爲妻。我知道我不該欺騙妳，簡，說妳願意當我的妻子。」

我心裡充滿掙扎和痛楚，因爲我必需捨棄我的愛情和偶像。「羅契斯特先生，我不能當你的妻子。」

「簡，妳的意思是從此妳我各走各路？」

「是的。」

「簡，愛我難道是一件邪惡的事？」

「服從你是一件邪惡的事。」

他揚起眉毛，露出狂野的表情。我手扶著椅子，以免站不住。我顫抖，我害怕，但我意志堅決。

「妳要奪走我的愛和純眞，要我再度墮入邪惡的生活嗎？」

「羅契斯特先生，我們生來本就該堅忍奮鬥。而且在我未忘記你之前，你很快就會忘了我。」

「妳這麼說對我是個侮辱。妳寧願將一個人逼入絕境，也不願超脫世俗的律法，這是一個多麼扭曲的觀念！難道妳會因爲與我共同生活，而觸怒妳無需顧慮的親戚或朋友嗎？」

他說得沒錯，我內心有一個聲音想要答應他，但越是孤獨、越是無助、越是無親無故，我就越尊敬我自己。若爲了私慾就任意破壞，那麼那些律法還有何價值可言呢？

羅契斯特先生讀著我臉上的神情，他咬著牙齒說：「從來沒有一個女人，這麼柔弱，又這麼不屈不撓。不管我怎麼做，我都抓不住這個狂野美麗的小東西！我若把這個牢籠拆了，那個俘虜只會跑得更遠而已。」

他定定地看著我的眼眸。「我深刻的愛和悲傷，妳都不屑一顧嗎？」他轉過身去，臉朝下把自己拋在沙發上，爆出深沉絕望的啜泣。

離去前，我在他旁邊跪下，親吻他的頰，用手指梳他的髮。「願上帝保佑你，」我說：「願上帝指引你，願祂回報你曾對我的好。」

「妳的愛就是祂給我最好的回報。」他回答：「沒有妳的愛，我的心也就碎了。」

血色衝向他的臉，火光從他眼裡射出，他跳了起來，但我避開他的擁抱，走出了房間。

「再見了！」我內心吶喊著，絕望湧上來。「永別了！」

我簡單地打包一些東西，帶著僅有的二十先令悄悄走出房門。經過羅契斯特先生的房門時，我忍不住停下來，聽他來回踱步及嘆息。只要走進去，答應一輩子都和他在一起，那房間就是我的天堂。

早晨時，他會派人叫我下去，那時我早走遠了。他會到處找我，覺得自己被拋棄了，因而感到絕望，想到這些，我忍不住把手伸向門，但又縮回來，離開松菲園。

我選擇往彌爾寇特鎮的那條路的另一頭走去，忍不住想著我所捨棄的，以及羅契斯特先生。我放聲嚎啕大哭，又悔又恨，但我不讓自己有回頭路。我走到一條較大的路，坐在石墩上休息，不久，來了一輛驛馬車。我攔住車，問車夫要往哪裡去，他說了一個羅契斯特先生應該找不到的地方，於是，我上了車。

十五

車子走了兩天，來到一個叫威特克羅斯的地方，我給的錢只能到那裡，所以把錢給車夫後，我就身無分文了，而心神混亂下，我竟把小行李給遺忘在車上，如今，我眞的一無所有了。

路上沒有人煙，我猜想前方村落的人口可能很稀少，那夜我睡在大地裡，一顆心很悲傷。

第二天，我順著路往村落的方向走去，因爲飢腸轆轆走得很慢，進村落時，已是下午兩點鐘了。我想用手套或絲巾換麵包吃，便走進路旁的糕餅店。裡面有個女人，但我忽然覺得羞赧，說不出原先預備的話，所以只是請她讓我在店裡坐一下，她似乎很驚訝，冷冷地指向一張板凳。半晌，我向她打聽村裡的工作，但是沒有適合我的，而且她似乎很厭煩我的問題。這時，兩三個女人走進來，我應該讓位了，於是我走出去。

我在村裡四處走著，越來越疲憊，於是往村外走去，沒多久又走回來。路旁有一間漂亮的小房子，我走過去敲門，一位少婦來開門，我顫抖著聲音問他們是否要雇用僕人，她說不需要，我又說我需要工作，請她想想有沒有人需要，但她搖搖頭說她幫不上我的忙，然後把門關上了。

我無法再回到村裡，再者，太陽要下山了，我得回到田野找個地方躲起來過夜，免得令人起疑。穿過草原時，我看到尖尖的教堂屋頂，我趕緊往那個方向走。在教堂旁的花園裡有間古老的小屋，應該是牧師住的房子。我知道有些人到了陌生之地會尋求牧師的協助，便走到屋前敲門，一位老婦人來應門，那的確是牧師的家，但牧師回老家去處理家務了，可能會在那裡待兩星期，而她是管家。我開不了口向她乞求，於是默默地走開了。

天黑前，我經過一座農舍，向一名農人要一片麵包吃，他很驚訝地看我一眼，但沒多說一句話就切下一大片麵包給我。我拿著麵包走開，離農舍遠了才坐下來吃。那晚，我又回到原野去過夜，半夜時，被雨淋溼了。

隔天，我又挨著餓去找工作，跟前一天一樣仍然徒勞無功。經過一座小茅屋時，我剛好看到一個小女孩要把一碗粥倒進豬槽裡。

「妳可以把粥給我嗎？」我問。

她瞪著我。「媽媽，」她大叫。「有個女人要我把粥給她。」

一個聲音從裡面傳出來，「她若是乞丐，就給她吧，反正豬也不愛吃。」女孩把粥倒進我手裡，我狼吞虎嚥地吃掉了。

夜色又逐漸降臨，雨不斷下著，我覺得快熬不下去了，但誰會收留我呢？我覺得又冷又餓且孤苦無依。天未亮，我恐怕就會死了。我模糊著雙眼往原野四處看去，覺得要死也要死在隱密處。我想要找個洞穴躲起來，但山丘頂上並無可藏匿之處。天完全黑了，我看到遠遠的似乎有一盞燈亮起來，可能是某戶人家點的蠟燭，但我走不到，就算走到了，也只是吃閉門羹而已。

我委頓在地，全身被雨淋溼，寒冷打顫。那盞燈還在，我決定往那亮光走去。我撥開枝葉靠近屋子，窗戶沒有拉上窗簾，所以靠近時，將屋裡的一切看得清清楚楚的。

那是一間廚房，陳設很簡陋，但乾淨整齊。近窗的桌上燃著一支蠟燭，桌旁坐著一位老婦人，垂著眼正在織襪子。令我較感興趣的，是坐在火爐旁，穿著喪服的兩位年輕小姐，她們低著頭在讀書，並不時轉頭去查閱放在茶几上的兩本大書，好像在研習著什麼。在如此偏僻簡陋的地方，竟有這樣的一幕，兩位小姐看起來細緻優雅，而那老婦人看起來只是個僕人。

她們交談了一下，兩位年輕的小姐一個是戴安娜，一個是瑪麗，老婦人則叫漢娜。戴安娜和瑪麗請漢娜去看看客廳的爐火，我聽到她用火鉗撥火的聲音，不久，她走了回來。

「孩子們，那房間好冷。看到那張椅子空盪盪的放在角落，我就覺得好難過。」她拉起圍裙擦著眼睛，兩位小姐也面露悲傷。

「但他到一個更好的地方去了。」漢娜繼續說：「再者，沒有人走得比他更安詳。」

此時鐘敲了十下。

「妳們該吃宵夜了。」漢娜說，著手準備食物。兩位小姐站起來，走進客廳去。

我提起勇氣敲了敲門，提出想要留宿一晚及吃點麵包的要求。但漢娜只願意給我一些麵包，不願收留我，也不讓我見她的女主人。

門關上了，一股絕望的痛楚攫住了我的心，我頹坐在門口，一步也動不了，因澈底的悲傷而大聲痛哭。

「大不了一死，」我望著灰暗的天空說：「而我深信天主的恩慈。」

「是人都得一死，」忽然，一個聲音在附近響起，「但人不該因困乏而提早結束生命。」

我驚懼不已，大雨中，一道影子逐漸走近，然後敲門。

「聖約翰，是你嗎？」漢娜大聲問。

「是的，趕快開門吧。」

「你一定又溼又冷，你兩個妹妹都在擔心你呢。剛剛有個女乞丐，我敢說她還沒走——啊，在那兒！快走，否則對妳不客氣！」

「漢娜，我有話要問這女人，妳已經盡了驅趕她的義務了，現在，讓她進來吧。我必須先弄清楚再說。起來吧，小姐，請進屋去。」

我吃力地走進去，站在火爐前，覺得好像要昏倒了，但我努力撐著。

「她的臉白得像張紙，先讓她坐下來吧。」其中一位小姐說著。

我說不出話來，她們讓我喝了一些水，又讓我吃了一些麵包和牛奶。當她們問起我的名字時，爲了不被羅契斯特先生找到，我說：「簡・艾略特。」

「我們能找到妳認識的人嗎？」

我搖頭。

「那麼，我們可以幫妳什麼？」

「我一無所求。」我回答。

戴安娜接了我的話。「妳意思是我們可以讓妳走了？」

我看著她，她很漂亮，五官裡有一種說不出的善良和力量。我鼓起勇氣，對她微笑說：「我信賴妳，我知道妳不會把我趕出去。隨便你們怎麼處置我，但請原諒，我現在真的沒力氣說太多話。」

三個人都看著我，沒有說話。

「漢娜，」聖約翰終於開口，「先讓她在這裡坐一會兒。瑪麗、戴安娜，我們到客廳談一談。」

他們到客廳去了，不久，我已經進入半昏半睡的狀態。我好像聽到一位小姐對漢娜交代了一些事，然後，在那僕人的攙扶下，我爬上一座樓梯，脫掉溼透的衣服，很快在一張乾爽的床上睡著了。

*

我昏睡了三天，戴安娜和瑪麗每天都會進來看我一兩次，聖約翰則只進來過一次。他說我只是太疲憊了，沒有生病，不用請醫生。他們猜測我是跟家人吵架後逃家的小姐。

到第四天，我終於有體力起身下樓了。漢娜正在廚房裡烤麵包，看到我穿著整齊，難得地對我露出了笑容，並要我坐在她的椅子上。她問著一些問題，我平靜地告訴她，我不是乞丐，讀過很多書而且上過學，一向都靠自己。

我也問起她一些事，原來聖約翰是教堂的牧師，這間房子是他父親瑞佛斯先生的，他們在這屋裡已經住了好幾代。

半小時後，兩位小姐和聖約翰回來了。瑪麗說她很高興看到我能下床了，而戴安娜則握著我的手，搖頭看著我，說：「妳應該等我們同意了再下床，可憐的孩子，這麼瘦弱！」

她牽起我的手，帶我到客廳去要我坐下，然後她就回廚房幫忙去了。

客廳裡只剩我和聖約翰。斑駁的牆上掛著幾幅肖像，一架有玻璃門的櫥櫃裡放著許多書和幾套茶具，室內所有一切雖保存得很好，但都顯得老舊。聖約翰靜坐在椅子上讀書，他很年輕，約莫三十歲，身材高瘦，雖然英俊，卻透露著一股不安定及急切。在他兩個妹妹端茶點進來前，沒對我講一句話，也沒看我一眼。

「吃吧。」戴安娜把一塊蛋糕和一杯茶放在我前面。「妳一定餓了，漢娜說妳從早上到現在才吃了一些稀飯。」

我的確餓了，而且胃口大開。聖約翰走過來加入我們，他的藍眼睛不客氣地盯著我，可見方才的靜默是故意的。

「妳三天沒進食，最好不要突然吃太多。」他說。

「我相信我不會吃掉你太多東西，先生。」我有點魯莽地回答。

「沒錯。」他冷冷地說：「等妳告知我們妳的家人住在何處，我就會寫信給他們，請他們來接妳回去。」

「我無家可歸，也無親無故。」

三個人都看著我，他們的神情很好奇，尤其是兩位小姐。

「妳的意思是，在這個世界上，妳跟任何人都沒有關係？」

「是的。」

「以妳的年紀而言，這是一個很奇怪的狀況。妳還沒結婚？」

戴安娜笑起來。「她看起來頂多十七、八歲，聖約翰。」

「我快滿十九歲了，但我確實尚未結婚。」

「妳之前住在哪裡？」他問。

「你問太多了，聖約翰。」瑪麗低聲說。

但他傾身向前，眼睛銳利地盯著我，要我回答。

「那是我的祕密。」我堅定地說。

「妳若不願告訴我，我如何幫妳呢？妳需要幫助，不是嗎？」

「是的，我需要你幫我找個能讓我自給自足的工作。」

「那麼妳至少得告訴我，妳做過什麼、能做什麼？」

「瑞佛斯先生，你和你妹妹是我的救命恩人，我感激不盡。我會儘量告訴你們有關我自己的一切。」我也定定地看著他，跟他一樣直率。然後我簡單地向他說明了自己的出身，以及在洛伍德學校的事，但沒有提起李德太太或是羅契斯特先生，只說自己基於一些原因，不得不離開上一份工作，但也向他們保證我的離開不是因爲任何過失。

「我來到莫頓村時，身上已一無所有。我在野地睡了兩夜，找不到願意收留我的人。若非你們讓我進門，我可能早就曝屍荒野了。我欠你們一份很大的人情。」

「不要再逼她說話了，聖約翰。」看我停頓下來，戴安娜說：「她應該避免激動。到沙發這邊來坐吧，艾略特小姐。」

我聽到「艾略特」那個假名時愣了一下，而我的反應沒有逃過聖約翰的法眼。

「我兩個妹妹都很希望妳能留下來呢，」聖約翰說：「但我只是個窮牧師，能提供的幫助有限。到時妳若看不上我爲妳做的，妳再另找高明。」

「我可以當裁縫、女工，或是僕人、看護等，都行。」我說。

「妳如果這麼想就好。」聖約翰淡淡地說：「我會盡力而爲。」

說完，他拿起書來看，不再說話。而我也累了，於是上樓休息。

十六

越認識瑞佛斯一家人，我就越喜歡他們。與戴安娜和瑪麗相處是一件愉快的事，因爲我們的品味、性情和生活習慣都很相似，她們又比我年長，讀的書、生活歷練也都比我豐富，從她們身上我學到很多。

一個月過去了，戴安娜和瑪麗就要回去英國南部的某大城重拾教書工作。然而，聖約翰卻從未提過替我找工作的事，讓我開始心急。

一天早晨，客廳裡只有我和他兩人，我重提此事。

「有個我提供的工作，只看妳要不要接受。」他說：「我只是個窮光蛋，替父親償清債務後，只剩這棟破屋以及周圍的沼澤地，妳也許會覺得我的提議有損妳的身分。」他又頓了一下才繼續。「一年後我就會離開此地，但只要我在，我就會努力改善這裡。兩年前，村裡尚無學校，窮人家的孩子根本沒有受教育的機會，但目前已經有男校了，現在，我想設立女校。我已經租了一間民房做爲教室，教室旁有兩個房間相連，是老師的宿舍，屋裡的家具已經由奧利佛小姐購置好了。她會雇用一名女孩，讓她在讀書之餘幫妳打理家務。老師的薪水是一年三十鎊，妳願意當這個女校的老師嗎？」

我需要一個安身之處，當下就答應了他。

「妳瞭解我的意思嗎？」他說：「妳的學生都是窮人家的女孩，而且妳什麼都得教，包括編織、縫紉、閱讀、寫字、算術等。妳完全明白妳的任務？」

「是的。」

「妳何時可以開始工作？」

「下星期應該就可以了。」

「很好，就這樣吧。」

離開前，他看著我，搖搖頭。「妳不會在莫頓村久留。」

「為何這麼說？」

「妳是個饒富情感的人，我相信妳和我一樣，不會滿足於在沼澤地渡過寂靜的一生，或把生命奉獻在千篇一律的操勞上。妳聽，我有多矛盾！我告訴教區裡的民眾要安貧樂道，但我自己卻不甘寂寞。」

說完，他快步走出客廳。我在那一小時內對他的瞭解，遠多於過去一個月的時間。

隨著離去的時間到來，戴安娜和瑪麗也越來越沉默難過。戴安娜告訴我，因爲聖約翰對未來的規劃，他們或許一輩子都沒有機會再相聚了。

「聖約翰內心有著熾烈的感情，我的良心不容許我苛責他，因爲那是個正確、高貴且充滿基督精神的決定，然而那個決定讓我心碎。」她的眼淚滾滾而下，瑪麗也低下頭來。「我們已經失去了父親，很快的，我們就要連家和哥哥都沒有了。」

這時，聖約翰一邊讀著一封信，一邊走進客廳來。「喬恩舅舅過世了。」姊妹倆愣了一下，但這個消息似乎只是讓她們覺得震驚，而不是難過。戴安娜盯著哥哥的臉，壓低了聲音問：「然後呢？」

他像大理石般冷冰冰地回答：「什麼也沒有，自己讀吧。」

他把信丟到她腿上，她很快讀了一遍，然後把信遞給瑪麗。瑪麗安靜地看完後，還給聖約翰。三人互相看著，淒涼的笑了起來。

「我們會活下去。」戴安娜終於說。

「反正也不會比現在糟。」瑪麗下結論。

聖約翰把信摺好，放進抽屜裡，又走了出去。好一會兒，都沒人開口說話。

然後，戴安娜轉過頭來。

「簡，妳一定覺得很奇怪，」她說：「怎麼我們聽到舅舅過世了，卻並不難過。其實，我們從未見過他，我們父親的財產就是在他的投資建議下，血本無歸的，因此他們倆早就鬧翻了。我舅舅沒結婚，也沒有子女，除了我們三兄妹外，只有另一個不比我們親的姪女。他後來在其他的投資上賺了大錢，父親一直希望他把財產留給我們，以彌補他當年的錯誤，但方才那一封信告知我們，他把所有的一切都留給了那個姪女，聽到這樣的消息令人沮喪。只要一人一千鎊，我和瑪麗就會覺得自己很富有了，而聖約翰若有這樣一筆錢，就能更容易地去完成他的計畫。」

聽完她的解釋後，我們就丟開了這個話題。第二天，我搬到村裡的學校去，第三天，戴安娜和瑪麗前往遙遠的英國南部。再過一個星期，聖約翰和漢娜遷回牧師住宅，而沼澤地的老房子也關閉了。

*

我的新家是一座小茅屋，設備齊全，只是很簡陋。我有二十位學生，只有三個讀過書，其他的連寫字或簡單的計算都不會。她們講話的口音很重，因此溝通很困難。有些孩子還頗溫順，但大部分粗魯無知，不過我相信假以時日，她們的智慧和才華一定能被啓發。

我走到門口，欣賞著西方的彩霞，感到有點寂寥。忽然，聖約翰和他的獵犬卡洛出現了，他拿他妹妹留給我的繪畫用具來給我，那眞是一個受用的禮物。他發現了我的淚痕，便勸誡我要抗拒誘惑，不要再回顧過往，好好從事目前的工作。

「那正是我的打算。」我回答。

但聖約翰繼續說：「要控制本性並不是一件容易的事，一年多前，我覺得選擇聖職或許是個錯誤，我想要從事文藝方面的創作，當時，我覺得若不能改變，我非死不可。然而，一段時間後，我卻豁然開朗了，若要到遠方傳教，那麼勇氣、才華等也都缺一不可，於是我下定決心要當個傳教士。我父親曾反對我的決定，但如今他已過世，等我處理完一些事情，我就會前往東方傳教。」

他沉穩平靜地告訴我這些，這時來了一位新訪客。

「你好，瑞佛斯先生。你好，老卡洛。」一個銀鈴般的聲音傳過來。

雖然聖約翰愣了一下，但那美妙的聲音並沒有讓他立即轉過身來。一個身穿雪白衣裳，青春優雅的身影慢慢向他走過來，她彎下腰摸摸卡洛的頭，帽子下的一張容顏完美無瑕，像畫裡走出來的人兒。

當他終於轉過頭來看著她時，我忍不住自問：對這樣一位人間天使，聖約翰有何看法呢？當然，我也試圖在他臉上找尋答案。

「這麼晚了，妳不應該自己一個人出來。」他說。

「我剛從艾思鎮回來，爸爸說學校已經開學了，所以我想趕快來看新的老師，就是這位嗎？」她指向我。

「是的。」聖約翰說。

「妳喜歡莫頓村嗎？」她直率地問我，態度天眞可愛，像個孩子。

接著她又體貼地問了我一些問題，我想，老天爺對這位奧利佛小姐眞是厚愛，她不但生在富裕之家，性情竟也是如此可人。

「我偶而會來幫妳教學，」她又說：「這樣我的生活也可多些變化。瑞佛斯先生，我在艾思鎮過得好開心，昨夜我還跳舞跳到凌晨兩點呢。」

聖約翰的臉色變得凝重，他抬起眼來盯著她看。對他嚴肅的眼光，她則報以清亮的笑聲。

看他無言，她又彎下腰來，拍拍卡洛的頭。「牠對朋友不會嚴格，也不會疏遠，要是牠能講話，也絕不會沉默不語。」

看她愛嬌地對著狗兒說話，他的臉現出紅暈，眼裡的嚴峻也融化了，兩人都那麼美，眞是一對璧人，但他似乎對她很抗拒。

「爸爸說，你都不來看我們。」奧利佛小姐抬頭跟他說：「他身體不舒服，你要不要跟我一起回去看他？」

「今晚不行，羅絲夢小姐。」聖約翰幾乎是機械性地回答，只有他自己知道，要拒絕是多麼難。

「既然如此，就不勉強你了。我要回去了，晚安。」

她伸出她的手，他只輕輕碰了一下。「晚安。」他說，聲音低沉空洞。

離去前，她問：「你沒生病吧？」

這個問題問得好，因爲聖約翰的臉蒼白得像她身上的衣裳。

「我很好。」他回答，然後彎腰行禮，往另外一條路走了。

她踩在兩旁都是鮮花的小徑時，兩次轉頭凝視著他的背影，但他堅決地往前走，一次也沒回頭。我想起戴安娜曾經形容她哥哥的話，說他「冷酷得像死神」，一點都不誇張。

十七

我全心投入工作，認眞教導學生。一開始，學生似乎都很不受教，但當我開始欣賞她們純樸的天性後，她們很快就表現出教養。我成了村裡的寵兒，到處都有人熱情地招呼我，並經常受邀到學生的家裡作客。

每天早上九點，我準時打開校門，羅絲夢·奧利佛小姐不時到學校來幫忙，她通常在早晨騎馬運動時順道過來，出現時總是令人驚豔。她每次到訪，都是瑞佛斯先生正在給學生上聖經課的時候。他的臉龐總是在她進入教室那一剎那罩上一層光輝，而我們這位美麗的女訪客完全看穿了他的心思。因爲，在她問候他時，他的手總是微微顫抖，眼睛射出熾熱的光芒，彷彿在對她說：「我愛妳，但我已經把心獻給了上帝。」

而她會嘟著嘴，匆匆把手抽回來，然後走開。

隨著她的來訪，我很快熟悉了奧利佛小姐的個性。她是個坦率的人，雖受盡寵愛，但並沒有被慣壞，爲人慷慨大方，個性純眞。雖然不是特別有深度，但我還是很喜歡她，就好像喜歡我的學生亞黛拉那樣。

一天黃昏，她看到我爲某個學生畫的畫像，先是訝異，然後是驚喜。「妳畫得比我的老師還好，妳可以幫我畫一張肖像給我爸爸看嗎？」

「樂意之極。」我回答，並拿出畫板和粉蠟筆，描繪她迷人的身影。

第二天，她帶著父親一起到我的教室來看畫，奧利佛先生看了也讚賞不已，請我一定要把它完成，並邀請我那天晚上到他家晚餐。

我去了，奧利佛先生相當和善，對我在學校的工作十分稱讚。他也提到瑞佛斯一家，說他們在此地是最受尊重、歷史最悠久的家族。我想，羅絲夢若要與聖約翰結婚，他是不會反對的。

學校放假那天，我的小僕人拿著我給她的一毛錢回家去了，我獨自消磨晚間時光，準備完成羅絲夢．奧利佛的肖像。就在我全神貫注時，門上傳來一陣敲門聲，聖約翰帶了一本詩集進來。

我拿起詩集翻讀著，聖約翰則彎身欣賞我的畫。他愣了一下，我知道他在想什麼，決定讓他說出心裡的話。我請他坐下，但他回答說不能待太久。

我直率地問他畫得像不像，他卻說自己沒仔細看。

「你看得很仔細，但我不介意你再看一次。」我把畫放到他手上。

「畫得非常好。」他說。

「是的，畫得像誰？」

猶疑了一下，他終於回答：「是奧利佛小姐，我猜。」

「你猜對了，爲了回報你，我會再畫一幅一模一樣的送給你。」

他喃喃地說：「畫得好像，眼睛似乎在笑，太完美了。」

「我若畫一幅給你，當你到印度傳教，看著畫像時，心裡會因而生出力量，還是因回憶而沮喪呢？」

他偷偷瞄了我一眼。

「依我看，你更應該擁有畫中的人兒。」

他坐下來看著畫，仍不發一語。大概從未有人這樣探討他的心，他似乎感受著前所未有的愉快。

我站在他椅子後說：「她喜歡你，她的父親也尊敬你，你應該跟她結婚。」

「聽妳這麼說，我很欣慰。」他說：「再繼續說十五分鐘吧。」

我問：「如果你不讓自己的心鬆綁，有什麼用呢？。」

「請想像我正沉浸在幸福中，躺在一張臥榻上，而羅絲夢就坐在我的腳邊。她正甜美地跟我說著話，她是我的，我是她的。這樣的生活，夫復何求？我的內心充滿喜悅，讓我預定的十五分鐘平靜地過去。」

我縱容他的想像，時間到了，他站起來，把錶放進口袋。

「在那一小段時間裡，」他說：「我讓自己沉浸於幻想中，接受引誘的考驗。但一切都是假的，我再清楚不過。」

我訝異地瞪著他。

「說來奇怪，」他說：「雖然我以最熱烈的情感愛著羅絲夢，但我同時也意識到她不會是我人生的好伴侶。」

「你這麼說眞是奇怪。」我忍不住插嘴。

「我一方面迷惑於她的美麗，一方面又把她的缺點看得一清二楚。她不會瞭解我的理想，也不可能是傳教士之妻。」

「但你不需要當個傳教士。」

「放棄我的抱負？它們比我身上流的血還要珍貴，是我生命的動力！」

「每次奧利佛小姐一進來，你就臉紅顫抖——」

他又浮現訝異的神情，他可能從未想過一個女人竟敢這樣對男人說話。

「妳很勇敢，」他說：「眼睛也很敏銳，但妳錯判了我的感情，它沒妳想像的那麼深刻。當我臉紅顫抖時，我鄙夷自己，因爲我知道那只是肉體的興奮，不是靈魂的震撼。」

說完，他拿起帽子，又看了肖像一眼。他拿起一張我用來保護畫作的薄紙蓋在畫上，那紙吸引了他的注意，他忽然抓起那張紙看著，又瞄了我一眼，眼神奇怪。

「怎麼了？」我問。

「沒什麼。」他把薄紙放回去，我看到他撕下一小塊紙，塞進手套裡，匆匆告辭。

我把紙拿起來細看，但除了一些顏料的汙漬外，什麼也沒有。我想不出所以然，於是就把它擱下了。

第二天傍晚，外面開始下起大雪，道路幾乎無法通行。沒想到聖約翰像從冰山走出來般，在道路幾乎封閉的情況下來訪，連忙問他是否發生了什麼事。

「沒有，只是從昨晚起，我就對一個才聽到一半的故事感到很亢奮，而且迫不及待想要聽聽後半段。」

他坐下來，他手托下巴沉思不說話，拿出一封信讀著，然後又摺好放回去。

「我說迫不及待要聽故事的後續，但我想，還是由我來說吧。二十年前，一名窮牧師與一位富家女相愛，在家人反對下，兩人結了婚。兩年後，兩人死了，留下一名剛出生的女嬰，這女嬰由她的舅媽李德夫人收養。

「李德夫人養育女孩十年，然後把她送到洛伍德學校。她在學校的表現顯然很優異，後來還成了老師。之後，她離開學校，到一位叫做羅契斯特先生的家裡去當家庭教師。」

「瑞佛斯先生！」我打斷他。

他說：「我知道羅契斯特先生向這位女孩求婚，然而直到在聖堂上，她才發現原來他已經結婚了。後來，那個女孩悄悄離開，爲了找她，他幾乎將整個英國都翻遍了，卻毫無消息。然而現在，尋獲她成爲一件急迫的事，我自己也收到一名叫做布里格斯的律師來函。方才說給妳聽的細節，就是由他的來函得知的，妳說這個故事是不是很奇特？」

「既然你已經知道這麼多，」我說：「請你告訴我有關羅契斯特先生的事。他都好嗎？他現在在何處？」

「這我毫無所知，布里格斯先生說，松菲園的回信是由一位菲爾法斯太太寫的。我的故事已經說完了，既然妳不問我那位女教師的名字，我只好自己告訴妳。喏，在這裡。」

他拿出一張小紙片，遞到我眼前。我認出來了，那是他昨天匆忙撕下的那一小片紙，上面除了一些顏色外，還有兩個字——簡愛——是我的筆跡，想必是在無意間寫下的。

「布里格斯律師的信裡提到的人叫做簡愛，」他說：「報紙上要找的人也叫簡愛，而我認識的這個人叫簡．艾略特。所以，妳應該是簡愛吧？」

「是的，布里格斯先生人呢？也許他對羅契斯特先生的近況比你瞭解。」

「他在倫敦，但我不認爲他知道任何有關羅契斯特先生的事，他的委託人不是羅契斯特先生。妳應該問的是布里格斯先生爲何找妳、找妳有何事？」

「那麼，他找我有何事？」

「他要告訴妳，妳的喬恩叔叔過世了，而他把所有的財產留給妳，妳現在是個有錢的小姐了。」

「我？有錢的小姐？」

「是的，」聖約翰說：「當然，妳得先證明妳的身分，不過，那應該不困難。之後，妳就可馬上獲得繼承權了。妳的錢現在由英國信託保管，布里格斯律師手上握有遺囑以及其他重要文件。」

我不知如何接口，有錢當然很好，但那不是令我可以歡呼雀躍的喜悅。因爲遺產既是來自死亡的親人，那就表示在獲得財富的同時，我也失去了至親。何況，這筆財富是由我一個人孤伶伶的獲得，並沒有其他家人來與我分享共樂。但富有讓我經濟獨立，想到這點，我內心覺得稍微舒坦。

聖約翰說：「妳也許想問，妳有多少身價？」

「我有多少身價？」

「據說有兩萬英鎊吧！」

這個數字把我嚇住了，我原以爲頂多四、五千鎊呢！我屏住呼吸說不出話來，向來不苟言笑的聖約翰，這時倒笑出來了。

「哦，妳若是個當場被逮個正著的殺人犯，恐怕都不會嚇成這樣吧。」

「也許你多看了一個零，也許只是兩千鎊。」

「信上是寫『兩萬鎊』，不是用數字。」

聖約翰站起來，穿上他的外套。「若不是風雪交加，」他說：「我會要漢娜過來陪伴妳，現在，只好讓妳一人獨自悲傷了。我走了，晚安。」

我忽然想到一件事。「爲何布里格斯先生會寫信給你呢？他怎麼會請你幫忙尋人？」

「我是個牧師，」他說：「而找牧師幫各種忙，不足爲奇。」

「不，我對你的說法不滿意，你得多解釋一些。」

「改天吧。」

我擋住他。「除非你告訴我，否則不能走。」

「我寧願由戴安娜和瑪麗來告訴妳。」

他越是拒絕，我越是好奇。我告訴他，他非告訴我一切不可。

「好吧，反正妳遲早會知道。妳也許沒注意到，我跟妳有個同樣的名字？我受洗時的全名是聖約翰．愛．瑞佛斯。」

我停住了。

「我母親姓愛，她有兩個兄弟，弟弟是牧師，娶了蓋茲海德園的簡．李德小姐為妻，哥哥就是繼承家業的鄉紳約翰．愛先生。八月時，布里格斯律師來信通知我們舅舅過世的事，並告知我們，他的財產全部留給牧師弟弟的孤女。幾個星期前，他又寫信來，說那名孤女目前不知去向，並問我們有否她的任何消息，一個寫在薄紙片上的名字讓我找到了她。」

說完，他又準備要走，但我把背靠在門上擋住。我說：「讓我喘口氣，整理一下思緒。」

等平靜點時，我再度開口。「你媽媽是我爸爸的姊姊？是我的姑姑？我的喬恩叔叔就是你的舅舅？」

「是的。」

我打量著他。我忽然間有了一個哥哥、兩個姊姊，而且在他們還是陌生人時，就是我欣賞的人。我內心灌滿喜悅，渾身顫抖。

「噢，我好高興！」我大聲地叫。

聖約翰笑了起來。「我告訴妳妳繼承了一大筆錢時，妳似乎很憂愁，現在，妳卻興奮成這樣！」

「你已經有兩個妹妹，當然不在乎多一個表妹，但我是獨生女，而現在，我忽然有了三個至親——我真的太高興了！」

我在屋裡走來走去，腦海裡瞬間湧上許多想法。這些我熱愛的人，我終於能夠回報他們了。我所擁有的財富，他們也可以擁有。兩萬英鎊分成四等分，那就是一人五千鎊，對我們每一人而言都足夠了。啊！這筆財富不只是一堆錢，它是希望、快樂的贈與！

聖約翰拿了一張椅子，要我坐下來，但我繼續在室內走來走去。

「明天就寫信給戴安娜和瑪麗，」我說：「叫她們趕快回家，五千鎊可以讓她們過得更好。而你，你會不會留在英國，跟奧利佛小姐結婚，像個正常人那樣安頓下來？」

「妳說到哪裡去了？這個消息太突然，弄得妳心神都混亂了。」

「我再理智不過了。你是眞不明白，還是裝不明白？」

「妳若能進一步解釋，或許我就比較懂得妳在說什麼。」

「有什麼好解釋的呢？兩萬英鎊若平分給四個甥姪，那就是每人各得五千鎊，我要你立即寫信給戴安娜和瑪麗，告訴她們這消息。」

「獲得財富的是妳。」

「我並不是個不知感恩的人，而且，我一定要有家和親人。我喜歡沼澤地的老房子，我要住在那裡，我也喜歡戴安娜和瑪麗，我要一輩子跟她們在一起。擁有五千鎊，我已經覺得很足夠了，所以，我要拋棄部分的財產，由你們繼承。就這麼決定，不要反對，也不要再討論了！」

「妳這是一時衝動，先考慮幾天再說吧。」

「你讓我考慮一年，我還是會這麼做。我從未有一個家，也沒有兄弟姊妹，現在，我兩者都要。你不會拒絕我成爲你的親人吧？」

「簡，我們很願意當妳的兄姊，但不需要妳犧牲那麼大的權益。妳若想要有家庭的話，可以結婚。」

「我才不要結婚，也永遠不要結婚！」
「看妳把話說得那麼滿，可見妳是過度興奮了。」
「我覺得好開心！」
「那學校呢？我想妳會把它關閉了吧？」
「我會一直工作到你找到新老師爲止。」
他微笑贊同，我們握手後，他道別了。

*

所有的手續在聖誕節前全部辦妥了，學期結束那天，我和排在教室門外的學生話別，聖約翰也來跟學生說一些勉勵的話。
「妳有沒有覺得收獲很多？想想看，若把一輩子都奉獻給妳的同胞，那不是一個很有意義的人生嗎？」
「是的。」我說：「但我在造福他人的同時，我也想發揮自己的才華。現在，我想先好好度個假。」
他一臉嚴肅。「妳想做什麼呢？」
「一如往常，積極地過日子，但首先，我想請你把漢娜借給我，戴安娜和瑪麗再一個星期就回來了，我要在她們到家前，把屋子整理好。」

「我明白了，既然如此，漢娜最好和妳一起回去。」

我把學校的鑰匙交給他。「我屋子的鑰匙明天再給你。」

「我不懂妳怎麼會那麼開心，妳現在對人生有什麼計畫？」

「我的第一個計畫是『打掃』，我要把老屋子裡裡外外打掃乾淨，還要把整個屋子都布置起來。然後，我要和漢娜一起做很多糕餅。總之，我要在下星期四之前準備好，給戴安娜和瑪麗一個最溫馨的歡迎。」

他嘴角牽了一下，但仍不滿意。

「妳總不能每天這樣過日子。妳對生命必須有嚴謹的規劃，簡，我不想看妳變得懶散。」

我驚訝地看著他。「我想要過滿足的日子，你卻要我不眠不休，為什麼？」

「爲了要妳把上帝賦予妳的才華轉化爲助人的動力，妳把精力浪費在居家的愉快上實爲不智。妳的熱誠和堅持應該用在正確的道路上，妳懂我的意思嗎？」

「不懂，我覺得我有充分的理由快樂，再見。」

第二天，我和漢娜回到沼澤地老屋去，然後，我們開心地打掃。幾天後，一切就都乾淨明亮了，我和漢娜穿戴整齊，等待一家團圓。聖約翰先到達，我請他參觀一下屋內擺設，但是他就如往常一樣冰冷地看著。

他下結論道：「把屋子整理成這樣，妳一定花了不少時間和精力。」然後就不再說一句話。

「她們到了，她們到了！」漢娜打開廚房的門大叫，卡洛也興奮地吠起來，我連忙奔出去。車子停在門前，戴安娜和瑪麗走下車來，我跑向前與她們擁抱親吻。外面很冷，我們趕緊走進屋去。

對我把家裡整理得那麼漂亮，戴安娜和瑪麗很是驚喜。整個晚上，我們說個不停，氣氛熱鬧溫馨，而我們的歡樂之聲也總算蓋過聖約翰的沉默安靜。他很愛兩個妹妹，但他無法理解她們的快樂和喜悅。

耶誕假期，我們每天慶祝，喧鬧聲不斷。聖約翰並沒有責怪我們的嬉鬧，但他能避則避，每天都出門去探望貧病的村民，很少在家。

戴安娜問聖約翰對未來的計畫，他回答自己的決定沒變，並說他次年一定會離開英國。瑪麗問他，羅絲夢．奧利佛怎麼辦，他才說，她就要嫁給艾思鎮鎮上的有錢人了。

假期過後，我們重拾了規律的學習和閱讀習慣。聖約翰在家的時間變長，常坐在角落，安靜專注地研讀，不時抬起頭來看我們。我不明白他爲何堅持我每週一次到莫頓村的學校去教課，比如說，刮風或下雪時，他的妹妹會勸我不要出門，但他卻會要我不應該受氣候影響而怠忽職守。

而我從學校回來時，有時即使覺得很累，也從來不敢抱怨，因爲我知道那會令他不悅。

某個午後，因爲我感冒了，戴安娜和瑪麗代我到學校上課，我坐在客廳裡讀著席勒，而他埋首他那隱晦的東方語言，就在我翻頁時，我不經意發現他注視著我。我不知道他觀察了我多久，但我忽然感到驚悚。

他開口要我放棄德文，改學印度文，他說，如此一來，他就可以在教我時不斷複習，牢記學過的東西。他也說，根據他的觀察，我是三個人中最坐得住的，所以請我幫這個忙，頂多三個月就好，因爲他就要離開英國了。聖約翰不是可以輕易拒絕之人，所以我答應了。

他是個很有耐心也很嚴格的老師，給了我很多功課，我每次都努力完成，而這讓他讚賞。不知不覺間，只要他在，我就無法自由談笑。逐漸地，我彷彿受了魔咒，完全順從他，但我不喜歡這樣，我寧願他像之前那樣冷淡的對我。

我一天比一天更希望能取悅聖約翰，然而同時，我卻得犧牲本性，壓抑才華，強迫自己去追求我並不感興趣的東西。聖約翰不斷提高他的標準，而我盡力完成他的要求。我變得不快樂，常臉帶愁容。

在我的財富狀況改變後，我不曾一日忘記羅契斯特先生，他的形象宛若刻在石頭上的名字，深烙在我心深處，讓我渴望知道他的現況。

我曾經向布里格斯律師詢問羅契斯特先生的狀況，但他一無所知，於是我決定向菲爾法斯太太探詢。未料，寫了兩封信、過了數月，竟全無音訊，這讓我陷入焦慮。

一天早上，漢娜告訴我，我有一封信，讓我的心跳了一下，以為等待許久的回音終於來了。打開信後，發現只是布里格斯先生的來信，便忍不住哭了起來。聖約翰對我情緒失控既不感驚訝，也沒詢問原因。

十八

「簡，跟我一起去散步。」

「我去叫瑪麗和戴安娜。」

「不，妳就好。」

十分鐘後，我與他走在沼澤地旁的小山谷裡。微風吹來，帶來陣陣花香。潺潺溪水映著晴朗的天空，陽光溫柔地在水面閃爍。我們踩著厚厚的綠草，緩步前進。走到一塊巨石邊時，聖約翰說：「我們在這裡休息一下。」

我坐下來，聖約翰則站在離我不遠之處。半個鐘頭後，他開口說他再六個星期就要離開，並要我跟他一起到印度去，當他的助手及伙伴。

整個溪谷和天空似乎在我頭頂旋轉起來，我好似聽到來自天堂的召喚，但我不是使徒，無法接受他的召喚，便大聲說：「你饒了我吧！」

「上帝欽命妳當一個傳教士的妻子，妳一定得當傳教士的妻子，當我的妻子。我指定妳，不是爲我自己，而是爲了服侍上帝。」

「我不適合，也沒這個志向。」我說。

「我會盡我所能幫助妳，替妳安排每日該做之事，也會在妳旁邊，隨時給妳援手。」

「但我沒有意願，你想說服我去做的事，根本不是我的能力所做得到的。」

「這一點疑惑，我可以替妳回答。我已經觀察妳十個月了，也給過妳許多考驗，我確定妳所擁有的是個能在火焰和變動中犧牲的靈魂。簡，妳非常溫柔又具有氣概，妳不要再懷疑自己了。妳若能在印度的學校當老師，所能給我的幫忙，其價值是無法計算的。」

我想著他的話。沒錯，我一向都能完成他所要求的事，然而我不覺得我能在印度的烈陽下存活很久，而對於我的生死，他毫不在意，只會認爲那是上帝的旨意，進而歡喜接受。擺在眼前的事實是，離開英國就是離開我深愛但已經空乏的土地，我已經不能再希冀與羅契斯特生先有任何關連，我所能期待的，就是將來在另一個世界裡能與他重逢。

「我願意跟你去印度，但你是我的表哥，我是你的表妹，讓我們繼續這樣的關係就好。」

他搖頭。「妳並不是我眞的妹妹，眼下的狀況是，出門在外時，我們若不是夫妻，也不可能有任何其他關係。」

我仔細想了一下，但我們既然不相愛，就根本不該結婚。「聖約翰，」我回答他，「我把你當哥哥，你把我當妹妹，我們繼續這樣的關係就好。」

「讓我說重點吧，妹妹可能會離開我，我要的是一個妻子，一個我能充分影響，留在身邊直到死的妻子。」

他的話讓我顫慄。

「到別處找這樣的人吧，聖約翰，找一個適合你的人。」

「妳是說，適合我志業的人。我跟妳解釋過了，我不是爲一己之私才要結婚，我是爲了傳教。」

「我會盡心盡力幫你傳教，但不能當你的妻子。」

「難道妳以爲上帝會滿足於妳不全然的犧牲嗎？我召喚妳是爲了上帝，而妳的奉獻必須是完整的。」

「我會把整顆心奉獻給上帝——你根本不需要它！」

聽到我最後那句話，他靜默。我鼓起勇氣抬頭看他，他的眼睛露出訝異和疑惑，似乎在說：「妳竟敢諷刺我！」

我看著他，想像自己成爲他的妻子——噢，絕對不可能！當他的伙伴，我義無反顧，但我必須保有我的人身自由。

「簡，妳不會後悔嫁給我的，我跟妳保證。婚後，愛情就會隨之而來，到時連妳都會贊同這樣的結合。」

「我鄙視你對愛情的看法。」我忍不住說，站起來面對著他，「我也鄙視你所提供的虛情假愛。聖約翰，當你提出那樣的愛時，我也鄙視你。」

他定定地看著我，咬緊弧度美麗的嘴唇。我說不上來他是覺得驚訝或是被激怒了，他是個能夠完全控制臉部表情的人。

「我從未想過妳嘴裡竟會說出那樣的話來。」他說：「我不認爲我說了或做了什麼令妳鄙視的事。」

他溫柔的聲音觸動我，冷靜又高度自制的風度也叫我震懾。

「請原諒我，聖約翰，但你不應該提出我們根本毫無共識的話題。我們只因對愛的定義不同，就起了爭議，親愛的表哥，放棄你我結婚的計畫吧。」

回家的路上，他不發一語，他原以爲我會乖乖服從，沒料到我竟會抵抗他。身爲人，他想逼我服從他，但身爲基督徒的自我期許，他不得不包容我的歧見。

後來，聖約翰並沒有迴避與我交談，每天早上，他仍然叫我跟他一起學習印度文。但對我而言，他似乎已經變成了大理石，而不是個有血有肉的人。

這些對我而言都是折磨，有好多次，我成串的淚珠落在我們同時研讀的書頁上，而他仍然不為所動。

「聖約翰，我很不快樂，因為你還在生我的氣，讓我們做朋友吧。」

「我希望我們是朋友。」他淡淡地回答，眼睛仍然望著落日。

「聖約翰，我是你的表妹，我覺得我們應該比陌生人更親近些。」

「我從未視妳為陌生人。」他說，語氣平淡，讓人更覺得受挫。

「聖約翰，我們非要用這種方式分別嗎？當你去印度時，你對我沒有比方才更友善的話嗎？」

他終於轉過頭來看著我。「當我去印度時？簡，難道妳不去印度嗎？」

「你說我不能去，除非我跟妳結婚。」

「而妳仍堅持不跟我結婚？」

「聖約翰，我不會跟你結婚。」

他慘淡一笑，「那麼妳是要收回妳的承諾，不去印度了？」

「我會的，以你助手的身分。」我回答。

他的臉陰晴不定，終於，他說：「我已經跟妳解釋過，我們以這樣的關係前往印度不可行，沒想到妳竟然還提出這樣的建議來！」

他的臉色更加灰白，但語氣仍冷靜地說：「一個女助手絕不適合我，如此說來，顯然妳不能和我去印度了。妳若有心奉獻，劍橋有一位傳教士的妻子正需要一位助手，我會向他提起，屆時妳可以加入她，免於不信守承諾之汙名。」

我從未答應加入任何團體，聖約翰的話專制又太傷人。我回答他：「我沒有義務前往印度，尤其是跟陌生人一起。我願意做這個努力，是因為我像個妹妹一樣的愛你。雖然我很確定，我若跟你一起到印度，我在那裡應該不會活太久。」

「原來妳害怕自己！」他說，翹起嘴唇。

「沒錯，上帝賜給我生命，不是用來糟蹋的。再者，下定決心離開英國前，我必須確定我到底是留下還是離開好。」

「妳要去找羅契斯特先生？」

「我必須知道他目前的狀況。」

「那麼，」他說：「我只能為妳祈禱了，願上帝保佑妳，莫讓妳成為迷途羔羊。」

他打開大門，走向溪谷，很快消失了蹤影。

進入客廳後，我發現戴安娜就站在窗戶旁，臉上盡是思索的神情。她把手放在我肩頭，仔細端詳我的臉，問我和聖約翰怎麼了？還問聖約翰是否愛上我了。

我把她冰涼的手放到我發熱的額頭。「不是，戴安娜，他一點也不愛我。」

「那他的眼光爲何老是跟隨著妳，又經常要妳在他身邊？瑪麗和我都想，他是要妳嫁給他。」

「沒錯，他跟我求過婚了。」

戴安娜拍了一下手。「簡，妳會嫁給他吧？婚後他就會留在英國了。」

「事情不是妳所想的那樣，戴安娜。他向我求婚，只是要找一個適合的伙伴跟他一起到印度傳教。」

「什麼？他希望妳到印度去？」她大叫。「妳在那裡活不了三個月，妳絕不能去！妳沒答應他吧？」

「我拒絕跟他結婚，他非常生氣，但我願意以妹妹的身分陪他去。」

「簡，想想妳在那裡必須做的事，即使健壯的男人都受不了。不過妳竟然有勇氣拒絕他的求婚，妳不愛他嗎？」

「不是情人那種愛。」

「但他可是個英俊的男人。」

「而我卻是那麼平庸，戴安娜，我們一點都不相配。」

「平庸？才不！妳太美好了，根本不該到印度那種烈陽下操勞。」她誠摯地勸阻我跟她哥哥到印度去。

「看來我是得拒絕才行。」

「妳爲什麼覺得他不愛妳呢，簡？」

我將聖約翰求婚時說的話告訴了戴安娜。

「這話太過分了，不可理喻！」

＊

那一晚，我睡得不好，我聽到一個聲音在遠處哭喊著「簡！簡！簡！」是我永遠都記得的聲音——羅契斯特先生的聲音，而那聲音聽來痛苦且悲傷！

「我來了。」我哭喊。「等等我，我一定來。」我起身下樓衝到門口，往走廊看，那裡一片黑暗，我奔到院子裡，那裡空無一人。

「你在哪裡？」我大叫。

沼澤地的山坡傳來微弱的回音，四周只有沼澤地的寧靜和暗夜的沉寂。

我回到房間，把自己鎖起來，然後跪下來祈禱。我覺得來到一個非常接近聖靈的地方，我的靈魂充滿感恩地奔到祂腳前。謝完恩後，我起身，內心已有了決定。我躺到床上，心中無所懼，然後什麼也不想，靜待黎明的來臨。

十九

天亮了，我起身整理臥房。我聽到聖約翰走出房間的聲音，他停在我門口，從門縫塞進一張紙條，上面寫著：

> 我兩個星期後回來，屆時希望能聽到妳明智的決定。在此期間，願妳每日祈禱，莫讓自己墮入誘惑的陷阱中。我會時時為妳禱告。
>
> 聖約翰

「再過幾個小時，我也要去搭車。」我心想。「我需要知道昨夜召喚我的人，現下到底是何狀況。」

早餐時，我跟瑪麗和戴安娜說我要出一趟遠門，要去打聽一個朋友的消息，最快四天後回來。

我在下午三點鐘離開沼澤老屋，四點時已坐上了前往松菲園的驛馬車。去年此時的我，是多麼的孤苦絕望，再度走在回松菲園的路上，我覺得自己有如一隻銜命而歸的信鴿。

那是一個三十六小時的行程，我在星期二的下午出發，於兩天後的星期四早晨抵達。馬車停在一家客棧前，我走下馬車，付了車資，將行李交給店家看管。我看到客棧的名字就叫做「羅契斯特旅館」，心跳不禁加速起來，但隨即又沉了下去。

「妳的主人也許早就離開英國了呢，就算他還在松菲園，陪在他身邊的是他發瘋的妻子，而妳跟他一點關係也沒有，妳最好不要貿然前去。」我內心斟酌著。「先向店家打聽一下吧，他們會解答妳的疑惑。」

然而我卻不想這麼做，因爲我害怕會聽到無法承受的答案。此外，我也想再看松菲園一眼，看她閃爍在陽光下的古老建築和四周優美的景色。在我尚未決定該怎麼做之前，我已經走在草原上了。我走得很快，甚至不時奔跑，心情十分悸動。

我從果園側門進入，轉個彎有兩根大柱子，站在柱子後，我就可以窺見整座大屋的正面。我貼著柱子，覷眼往前一瞧——那裡竟是一堆焦黑的廢墟！

屋子的正面已成焦黑的空殼，難怪我寫的信沒有回音，到底發生了什麼事？

屋子是怎麼起火的？有無人員傷亡？

傾頹的廢墟內荒草漫蕪，想必火災發生已有一段時日了。我必須立即找到答案，於是返回下榻的客棧，店主人爲我送早餐時，我請他把門關上、就座。但我一時不曉得該怎麼開口，怕聽到可怕的答案。

「你知道松菲園吧？」我終於鼓起勇氣問。

「是的，小姐，我曾是已故的羅契斯特先生的管家。」他加了一句。

那一定是很久前的事了，因爲我不曾見過他，而他的話讓我心跳幾乎停止。

「已故，」我喘息。「他死了嗎？」

「我指的是艾德華少爺的父親。」他解釋說。

我吐出一口氣，羅契斯特先生至少還活著，這眞是令人安慰的話，接下來的故事我可以放心聽了，我詢問他松菲園發生了什麼事。

「去年秋天松菲園燒掉了，火災是半夜發生的，救火的水龍從鎭上趕到時，整座屋子已陷入火海，無可挽救了，我親眼目睹。」

「知道火災是怎麼發生的嗎？」我問。

「大家只能猜測，小姐。也許妳不知道，」他把椅子拉近些，壓低聲音，「那屋裡住著一個瘋子。那個瘋子被關在閣樓上，有耳語說她是羅契斯特先生從海外帶回來的，有的人則認爲是他的情婦。但約莫一年前，發生了一件古怪的事。那個瘋子原來是羅契斯特先生的妻子，這件事是在一個奇怪的情況下暴露的，松菲園裡有個女家庭教師，而羅契斯特先生愛上了她——」

「火災的事呢？」

「我快要說到了，小姐。羅契斯特先生愛上了女家庭教師，聽僕人們說，從未看過有人愛得那麼深，他把她捧在手掌心裡——僕人總是看在眼裡的。而那小姐據說一點都不美，個子嬌小，簡直像個孩子。羅契斯特先生快四十歲了，而那女老師還不到二十。妳知道的，像他這種年紀的男人，一旦愛上個小女孩，就像鬼迷心竅似的。總之，他要跟她結婚。」

我說：「我希望知道火災到底是怎麼發生的，是否有人懷疑羅契斯特夫人跟這件事情有關？」

「妳猜對了，小姐，的確是她。照顧她的是一個叫做普爾太太的看護，普爾太太很能幹，但喜歡喝兩杯。普爾太太酒後熟睡時，那瘋狂的夫人就會從她口袋裡把鑰匙偷走，偷溜出去，做許多瘋狂行徑，聽說有一回她就差點把丈夫燒死在床上。但這一次，她先是在她隔壁房間點火，然後去那位女老師的房間點火。女老師在那之前兩個月就逃走了，羅契斯特先生像失去了寶貝般到處找她，卻遍尋不得。羅契斯特先生原本就不是個溫和的人，失去她之後，性情更是狂暴，他堅持孤獨一人，因此將管家菲爾法斯太太遣走了，不過他做得很漂亮，給她準備了一筆豐厚的養老金，亞黛拉小姐則送到寄宿學校去。總之，他把自己關在松菲園裡，不與任何人來往。」

「他沒有離開英國？」

「沒有，他連自家門口都不願踏出一步，只有三更半夜時，像個孤魂野鬼般在果園或院子裡走來走去。小姐，我沒看過比羅契斯特先生更精力充沛、更具膽識的男子，但自從迷上那位女教師後，他整個人都變了。」

「所以火災發生時，羅契斯特先生在家？」

「是的，小姐。屋子著火時，他還奔上閣樓把僕人都救下來，然後再跑回三樓去救他那發瘋的妻子。那時她站在屋頂上揮手大叫，一哩外都聽得見聲音。除了我，許多人也都親眼目睹了那一幕，羅契斯特先生爬上屋頂，一邊喊著『玻莎』，一邊慢慢走向她，然後，她忽然尖叫一聲、縱身往下躍，剎那間就摔死在地上，鮮血腦漿迸得到處都是。」

「老天！」

「是啊，小姐。那一幕好可怕。」他顫抖地說。

「然後呢？」我追問。

「然後整棟屋子就燒得精光，如今只剩下一片廢墟了。」

「有其他人傷亡嗎？」

「沒有。不過，艾德華少爺很可憐。」他嘆了一聲。「有些人說那是報應，因爲他不但對第一次婚姻守口如瓶，甚至想在妻子仍活著的情況下重婚，但他實在值得同情。」

「你不是說他還活著？」我大聲說。

「是的，他還活著，但很多人覺得他倒不如死了。」

「爲什麼？怎麼說？」我的血液似乎又要凝固起來。「他人在哪裡？」我質問：「他在英國嗎？」

「是的，他人在英國，他哪裡也去不了了。」

他的話眞是折磨人，但店家似乎刻意不給我痛快。

「艾德華少爺的眼睛瞎了。」他終於說。「是因爲他的仁慈和勇氣，小姐。他要每個人都安全逃出了，才願離開那屋子。羅契斯特夫人跳樓後，他從大樓梯跑下來，這時天花板忽然垮下來，一根大梁落下時剛好護住了他，但也打落了他一隻眼球，他的一隻手則因骨頭碎裂，不得不截肢，另外一隻眼睛因受到火傷，也看不見了。」

「他現在住在哪裡？」

「在他的一座農莊別墅，叫做芬丁園，那地方頗荒涼，離此地約有三十哩。」

「誰在照顧他？」

「只有老約翰夫婦，據說他現在情況很糟。」

「客棧裡有馬車嗎？」

「我們有一輛四輪馬車，小姐。」

「你馬上把車準備好，如果你的車夫能在天黑前把我送到芬丁園，我會付你平時雙倍的車資。」

＊

芬丁園附近沒有人煙，只有茂密的林木。打開鐵門進入後，又是一片森林，我隨著一條隱約可見的小徑往前走，但那小徑似乎沒有盡頭。

我以爲走錯了路，但四下並沒有其他的小徑，只好繼續走下去。終於，我在枝葉婆娑間看見了芬丁園，院子只是一個半圓形空地，沒有花床，也沒有草坪，整個景象很荒涼，看起來不像有人住。

但前門忽然打開了，一個人影走出來，是羅契斯特先生。他沒戴帽子，緩步走到台階上，然後伸出手，彷彿要感覺是否在下雨。夜色雖已籠罩，我仍一眼就認出了他。我沒料到會這樣突然相遇，內心的狂喜夾雜著傷悲。

他的形體仍然健壯，姿態也仍然挺拔，臉上的五官一點都不憔悴，然而他的神情卻顯得絕望，就像隻被困住的野獸。

羅契斯特先生走下台階，摸索著往前走，他抬眼望向穹蒼，但空洞的眼神看見的只是一片黑暗。他停步，似乎不知該往哪個方向走，最後頹然立於雨中。這時，約翰開門走出來請他進屋，他卻不肯進去，又站了一會兒，才慢慢摸向門口，進屋裡去。

這時我走過去敲門，老先生的妻子瑪麗來應門。她嚇了一跳，我連忙安撫她，然後跟她一起走進廚房，約翰正坐在火爐旁。我簡單地跟他倆解釋了一些事情，然後請瑪麗幫我整理一個房間，也請約翰去幫我把行李取回來。就在這時，客廳的拉鈴響了，羅契斯特先生需要一杯水連同幾支蠟燭，因爲他雖然看不見，但入夜後還是要點蠟燭。

我要瑪麗讓我送東西過去，走向客廳時，我手中的盤子抖動著，杯子裡的水灑了出來。客廳很昏暗，因爲只有壁爐裡有微弱的火光。盲眼的主人把頭靠在壁爐架上，旁邊趴著他的老狗派樂特。狗兒見我進來，開心地跳起來跑向我，幾乎把我手上的盤子打翻了，我把盤子放在桌上，然後拍拍牠的頭，輕聲說：「坐下！」

「把水給我，瑪麗。」他說。

我把那只剩半杯的水端給他，派樂特跟著我，仍然很興奮。

「怎麼了？」他問。

「坐下，派樂特。」我說。

他端近唇邊的水忽然停住了，似乎在側耳傾聽。他喝了水，把杯子放下。

「是妳嗎？瑪麗。」

「瑪麗在廚房裡。」我回答。

他很快伸出手來，但因不曉得我站在哪裡，並沒碰到我。「是誰？到底是誰？」他大聲質問：「回答我！」他命令，語氣急切。

「先生，你要再喝一些水嗎？剛剛杯裡的水被我灑掉了一大半。」我說。

「是誰？是誰？到底是誰在說話？」

「派樂特認得我，瑪麗和約翰也知道我在這裡，我黃昏時到的。」我回答。

「老天，是幻想嗎？我發瘋了嗎？講話的人在何處？我看不見，但我必須碰觸到，否則我的心、我的腦要爆掉了！」

他的手在空中摸索著，我抓住他的手，緊緊握著。

「是她可愛的手指！」他大叫。「那麼，一定還有其他的部分——」

他攫住我的臂膀，接著是我的頸子、我的腰——最後我整個人被他攏住，圈在他懷裡。

「是簡嗎？怎麼會？」

「還有她的聲音。」我加了一句。「她整個人都在這兒，她的心也是。上帝保佑你，先生。我很高興能再度這麼靠近你。」

「簡愛！簡愛！」他喃喃念著。

「親愛的主人，」我回答：「是簡愛，我回來了！」

「眞的？活生生的妳？」

「你摸到我了，先生，你也緊緊地抱著我，我並不像空氣那般虛無，對不對？」

「我活得好好的寶貝！這是夢，在夢裡我總是像這樣緊緊地擁著她，像這般甜蜜地親吻她，感覺她深深愛著我，深信她不會離開我——」

「我再也不會離開你了，先生。」

「再也不會離開我？但從夢裡醒來，一切都只是老天無情的揶揄。很快地，妳就要飛走了，但在妳離去前，再親吻我一次，再擁抱我一次！」

我將嘴唇貼在他曾經明亮，但如今已失去光明的眼睛上，然後把他的頭髮往後梳，在他的眉頭也印上一個吻。

他宛如驚醒過來般，真實的情境終於說服了他。「簡，真的是妳嗎？」

「是的，我現在是個經濟獨立的女人了！」

「經濟獨立？什麼意思？」

「我叔叔過世了，他留給我五千英鎊。」

「真的是簡愛嗎？」他大叫。「簡，妳是個有錢的女人了？」

「滿有錢的，先生。如果你不讓我跟你住在一起，我就在附近蓋一棟房子，晚上你若想找人作伴，就到我家客廳來坐一坐。」

「妳有錢了，一定有親戚朋友照顧妳，不會讓妳把時間奉獻給一個像我這樣瞎眼的廢物。」

「我跟你說過了，我不但有錢，而且獨立，我是自己的主人。」

「而妳要陪著我？」

「當然，除非你反對。我會當你的鄰居、你的看護、你的管家。你若寂寞了，我會陪伴你，唸書給你聽，和你一起散步，當你的眼睛、你的手，只要我活著，我就不會讓你孤單。」

他沒回答，滿臉肅穆。他歎息一聲，似乎想說什麼，但又閉上了雙唇。我覺得有點難爲情，我以爲他會要求我做他的妻子，但他一點暗示也沒有，只是神情更加沮喪。我忽然覺得我也許弄錯了，想從他懷裡掙脫出來，但他焦急地把我摟得更緊。

「簡，妳不可以走，我所剩無多，我非要妳不可。世人可能會嘲笑我，說我荒唐自私，但這些對我都不具意義。我的靈魂要妳，否則我最後將走上形神俱毀的路。」

「我會陪著你，先生，我已經這麼說了。」

他又陷入沮喪。

「現在該有人幫你變回人樣囉。」我說，一邊幫他把糾結的、又厚又長的黑髮打開。

「我這隻手既沒手指，也沒指甲。」他說，把藏在懷裡已截肢的那隻手臂伸出來給我看。「看起來很恐怖，是不是？簡。」

「那隻手看起來好可憐，你的眼睛和額頭上的疤也叫人難過，這些都叫人更想愛你。」

「我以爲妳看到我癒合的斷手和臉上的火疤，會退避三舍呢，簡。」

「是嗎？你可別這麼說，免得我批評你的判斷力。現在，讓我先把爐火弄大些，炭火燒得旺時，你看得出來嗎？」

「是的，我右眼可以看得見霧霧的一點紅光。」

「你看得見我嗎？」

「看不見，但能聽見妳、感覺到妳，我已經很感恩了。」

我拉鈴叫瑪麗準備食物，然後親自把客廳整理一下。在他面前，我不用壓抑快樂和活潑，全然的自在讓我天性裡的光與熱都活起來了。

晚餐後，他問我許多問題，我只簡單地回答，因爲時候不早了，我不願讓他因某些細節而煩惱。而我只要一安靜，他就顯得不安。

「妳都跟哪些人在一起？」

「今晚不告訴你，明早，我會端著早餐進來，然後說給你聽。我先去睡了，坐了三天車，累壞了。晚安！」

「先告訴我，簡，妳之前住的地方，只有小姐嗎？」

我笑出聲，然後跑上樓去，開心找到了讓他暫時沒空沮喪的辦法。

第二天一早，我就聽到他起床四處走動的聲音，聽到他不斷問瑪麗我起床了沒、有什麼需要、什麼時候下來等問題。

早餐時間一到，我才下樓去。他靜坐在角落的一張椅子上，神情略帶不安，顯然在期待著什麼。那個堅強的男人現在的無助與無力，深深觸動我的心弦。

「今天天氣很好，先生。」我充滿活力地跟他打招呼。「等一下我們去散步。」

「妳眞的在這裡！一個小時前，我聽到妳的一個同伴在樹梢高歌，但我覺得妳的聲音比牠的更好聽，妳的存在也比外面的陽光更溫暖。」

聽他對我這麼倚賴，淚水忍不住浮上我的雙眼。但我不想沉浸於悲情，我擦乾眼淚，趕快把早餐排好。

之後整個早晨我們都在戶外，我一路跟他描述四周的景色，然後我們在一顆大石頭上坐下來。我讓他抱著我坐在他膝蓋上，派樂特躺在我們的腳邊。

就在這般靜謐的時刻，他忽然打破沉默，問我過去一年的生活。在他聲聲催促下，我將之前的歷程詳述給他聽，除了流浪三天，幾乎未進食的那一段。

他說我不應該不告而別，又沒帶著任何財物，而且認爲我所經歷的辛苦一定比我跟他所敘述的還要多。

「不管多辛苦，所幸時日不長。」我回答。

然後我把瑞佛斯一家收留我以及後來發生的故事說給他聽。聖約翰的名字不時出現，等我一說完，他馬上問我關於聖約翰的事，我告訴他，聖約翰是個大好人，才二十九歲，擁有一流的心智，學識淵博，而且優雅穩重又英俊。他問我是不是喜歡聖約翰，我跟他說喜歡。

我知道他在想什麼，嫉妒占據了他的心思，讓他沒空憂鬱沮喪，但我還不能安撫他。

「也許妳並不想坐在我膝蓋上吧，愛小姐？妳可以離去了，但走開前，請再回答我一兩個問題。」他頓住了。

「什麼問題？羅契斯特先生。」

接下來他又問了許多有關於我和聖約翰相處的事，我告訴他，聖約翰曾叫我放棄德文改學印度文，因爲他想要我跟他一起到印度去，並且跟我求婚了。

「這是妳瞎編的故事吧？故意要叫我生氣的？」

「我說的句句屬實，他跟我提了不只一次，而且跟你一樣，態度堅決。」

「愛小姐，我再說一次，妳可以走了，妳爲何一直坐在我膝蓋上？」

「因爲我坐在這裡很舒適。」

「簡，妳坐在這裡一點都不舒適，因爲妳的心沒跟我在一起，妳走吧。」

「那你把我推開，先生，我是不會自己離開的。」

「簡，我永遠都珍愛妳的聲音，它總是給我帶來希望。但妳已經有了新的生活，妳走吧！」

「我要去哪裡呢？先生。」

「去和妳所選擇的丈夫在一起。」

「那是誰啊？」

「那個聖約翰．瑞佛斯！」

「他不是我丈夫，我們不相愛，他愛的是一個叫做羅絲夢的小姐。他想跟我結婚，只是因爲他認爲我適合當一個傳教士的妻子。他是個好人，但太嚴厲了，冷得像塊冰，我跟他在一起一點也不快樂。我應該離開你，去找他嗎？」

「簡，妳跟聖約翰之間眞的是這樣嗎？」

「一點不假，先生。你不用嫉妒，因爲我眞的好愛你，我的心完全屬於你，也永遠屬於你。」

然而，再度吻著我時，他的眉頭又罩上了一層愁霧。

「我失去光明的眼睛。」他懊惱低語，緊閉的眼皮下泌出一滴眼淚。「我就像松菲園裡那棵被雷電劈倒的大栗樹，有何資格要求一株嬌美的忍冬以她的芳華來覆蓋我的傾頹呢？」

「你並沒傾頹，先生，也不是一棵被劈倒的樹。你的生命力仍然旺盛，其他的植物自然會在你身邊滋長，因爲你的力氣就是它們最大的支撐。」

他又微笑起來。「簡，妳說的是朋友的關係吧？但我要的是一個妻子。」

「是嗎？先生。」

「是的，妳覺得很驚訝嗎？」

「當然，你從未提起過。」

「妳不想聽到這樣的話嗎？」

「先生，視你的選擇而定。」

「妳替我選擇，簡，我會配合妳的決定。」

「那麼，先生，你就選擇最愛你的那個人。」

「我至少會選擇我最愛的那個人。簡，妳願意嫁給我嗎？」

「我願意，先生。」

「一個妳得牽著他四處走，可憐的瞎子？一個行動不便、比妳大二十歲，妳得照顧他的人？」

「我願意，先生。」

「我的寶貝，願上帝保佑妳！」

「羅契斯特先生，如果善有善報，我現在已經獲得了回報，能成爲你的妻子，是我此生最大的快樂！」

「那是因爲妳視犧牲爲享受。」

「如果能抱著重視的人，親吻著心愛的人，靠在信賴的人肩頭上休憩是犧牲，那我確實享受犧牲。」

「還有容忍我的虛弱，以及忽視我的缺陷？」

「能在你面前當個有用的人，比只能接受你的保護，讓我更覺得愛你。」

「我一直都討厭被照顧，從今以後，我不會再覺得討厭了。妳的溫柔照顧，是我永遠的喜悅。簡適合我，我也適合她嗎？」

「每一條筋絡都適合，先生。」

「既然如此，我們還等什麼呢？我們要馬上結婚！」

他的語氣和神情都很迫切，他天性裡的熱烈又回來了。

「我們要馬上結爲夫妻，簡，證書一下來，我們就馬上結婚。」

「羅契斯特先生，太陽已經西斜了，讓我看你的錶。」
「把它繫在妳的腰帶上，簡。妳留著，我不再需要它了。」
「快四點了，先生。你不覺得餓嗎？」
「再過三天我們一定要結婚，簡。別管什麼漂亮的衣服或珠寶了，那些都不重要！」
「昨天下的雨都已經被太陽蒸發了，沒有風，有點熱。」
他追著自己的思緒，沒注意我在講什麼。
「簡，妳一定覺得我是條不敬鬼神的老狗，然而此時我的內心卻充滿了對上蒼仁慈的感謝。過去我錯了，我差點玷汙了一朵聖潔的花，使她帶罪不潔。老天爲彰顯祂的正義，讓我幾乎滅亡。祂的懲罰巨大無比，一擊便讓我伏地不起。妳知道我過去對自身的力氣有多驕傲，如今，我就像個羸弱的小孩，需要他人的照料。最近，我開始體驗到懺悔自責，想與上帝和好。我開始偶而祈禱，很簡短，但很虔誠。
「就在某一晚，我心裡忽地湧起一股奇特的悲傷，那一段日子，我因四處找不到妳，一直以爲妳已經死了。就在十一、二點時，我哀求上帝，請祂讓我結束生命，到另一個世界去與妳相守。

「當時我的身心都渴望著妳，我絕望謙卑地問上帝，我是否永遠都不可能再擁有幸福和寧靜？同時也哀告祂，我眞的快受不住了！這時，我滿心的渴望不自覺地喊『簡！簡！簡！』」

「你很大聲嗎？」

「是的，若有人聽到，一定會覺得我瘋了。」

「那是上星期一，接近午夜時？」

「是的，接下來的事情很奇怪，妳一定會覺得我迷信，但這事千眞萬確。當我喊完時，竟聽到『我來了！等等我！』以及『你在哪裡？』的回應，任何言語都不足以形容那個感覺。

「芬丁園位於樹林深處，聲音難以傳達。『你在哪裡』卻似乎在千山萬嶺間迴盪。我相信，在心靈的層面上，我們是相遇了。那個時刻，妳一定正在熟睡，或許是妳的靈魂出竅了，來安慰我的靈魂。因爲我清清楚楚聽到妳的聲音，確實是妳的聲音！」

那晚我也聽到了神祕的呼喚，而那些話確實是我所回應的話。我聽著羅契斯特先生的描述，沒將我那天的經驗透露出來。這個巧合有點可怕又無法言喻，我不認爲該說出來，只把那件事深埋心底，獨自思索。

「昨晚，」羅契斯特先生繼續說：「當妳忽然出現時，我一時以爲只是想像，現在，我感謝上帝，我知道一切不是幻想。」

他站起來，誠敬地脫下帽子，垂下他看不見的雙眼，虔誠地默禱。我只聽到最後幾句。

「我感謝造物主，祂在懲處的同時，不忘恩慈。我謙卑地懇求祂賜我力量，讓我從今爾後，能過一個比之前純潔的生活。」

然後，他把手交給我，我把它貼在唇上一吻，再讓它滑過我的肩頭緊緊攬住我。我們走進森林，往家的方向走。

二十

我們的婚禮很簡單，只有他和我，牧師和牧師助理在場而已。從教堂回家後，我直接到廚房去，瑪麗正在準備中餐，而約翰在磨刀，他們都很開心。

「我早跟瑪麗說了。」約翰說：「我知道艾德華少爺會怎麼做，我也知道他不會拖太久。我祝福你們，小姐！」

「謝謝你，約翰。羅契斯特先生要我給你和瑪麗這個。」

我把一張五英鎊的鈔票放到他手裡，然後沒等他們道謝就離開了廚房。再經過廚房時，我不經意聽到一些話。

「她對少爺比起那些千金小姐還要好。她雖然長得不漂亮，性情卻和藹善良，而且，誰都看得出來，在少爺眼中，她可是個大美人。」

我也立即寫信到沼澤老屋和劍橋，戴安娜和瑪麗毫無保留地支持我，戴安娜更說，只等我度完蜜月，她就會馬上來看我。

我不知道聖約翰收到信時心裡怎麼想，他一直到六個月後才回信，信裡完全沒提到羅契斯特先生或我結婚的事。他的文字雖嚴肅，卻也冷靜仁慈。從那之後，我們一直保持規律的通訊，雖然次數不多。他希望我快樂，且不要心中無神，只想著世俗的歡樂。

在獲得羅契斯特先生的同意後，我很快就到亞黛拉寄讀的學校看她。看到我時，她欣喜若狂，原來那學校管得太嚴，功課也太重了，於是我把她帶回家，之後，再爲她找一間離芬丁園較近的學校，以便她可以經常回來。她很快就適應了新環境，功課也更進步了。

我深知與自己所愛以及爲自己所愛而活是何等感受。我覺得我是世界上最最幸運的人兒，因爲我們都是彼此生命的全部。跟我的艾德華在一起永遠不嫌膩，他對我的感受亦如是，而且跟他說話就如同跟自己的靈魂大聲對談般。

在我們婚後頭兩年，羅契斯特先生的眼睛仍然看不見，那時我就是他的眼睛，就如同現在我仍是他的右手般。他透過我的眼睛觀賞自然、閱讀書籍。婚後兩年的某一天，我在他口述下寫著一封信，我們發現他能看到我戴著的金錶鍊和穿著的淡藍色衣服。

於是我們到倫敦去，找一位著名的眼科醫師替他檢查，最後，他那一隻眼睛逐漸恢復了視力。現在，他尚不能看得很清楚，但已經可以四處走動，不需別人牽手了。當他第一個孩子放在他手上時，他可以看得見那男孩遺傳了他曾有的眼睛，又大又黑、炯炯有神。再一次，他全然體認到上帝的恩慈。

我和我的艾德華過著幸福快樂的日子，我們最愛的人也是。戴安娜和瑪麗兩人都結婚了，我們輪流探視彼此。戴安娜的丈夫是海軍艦長，英勇又善良。瑪麗的先生是個牧師，是她哥哥的大學同學，才華洋溢、為人嚴謹。兩對夫妻都很恩愛。

聖約翰到印度去了，他一直未婚，將自己全然奉獻給那塊土地。他最後一次來信，讓我既感動落淚，又充滿歡喜，他已預見上帝承諾給他的回報，我知道下一次的來信將出自陌生人的手，告訴我這個虔誠的僕人已回歸主人的懷抱。聖約翰臨終時絕不會有任何恐懼，就如同他信裡所言，「我的主人已經向我預示，祂的宣告日漸明確，『我很快即將來臨！』而我也無時不刻熱切地回應，『阿門！來吧，主耶穌！』」

國家圖書館出版品預行編目資料

簡愛 / 夏綠蒂・勃朗特（Charlotte Brontë）著；吳湘湄譯； -- 初版. -- 臺中市：晨星，2017.09
面； 公分.--（蘋果文庫；85）
譯自 : Jane Eyre
ISBN 978-986-443-331-5（平裝）

873.57 106013268

蘋果文庫 085

簡愛

Charlotte Brontë

作者 | 夏綠蒂・勃朗特（Charlotte Brontë）
譯者 | 吳湘湄、繪者 | 鐘文君
責任編輯 | 呂曉婕、文字編輯 | 沈慈雅、校對 | 呂曉婕
封面設計 | 鐘文君、美術設計 | 張蘊方

創辦人 | 陳銘民
發行所 | 晨星出版有限公司、台中市407工業區30路1號
TEL:(04)23595820 FAX:(04)23550581
E-mail:service@morningstar.com.tw
http://www.morningstar.com.tw
行政院新聞局局版台業字第2500號

法律顧問 | 陳思成律師
郵政劃撥 | 22326758（晨星出版有限公司）
讀者服務專線 | 04-23595819#230
初版 | 西元2017年09月01日
印刷 | 承毅印刷事業有限公司

ISBN | 978-986-443-331-5
定價 | 250元

Jane Eyre
Printed in Taiwan